कहानियों का आँगन

जहाँ बैठकर बातें होतीं थीं

मार्गदर्शक
श्री हरिश्चन्द्र राय

डॉ. नेहा राय

notionpress.com

INDIA · SINGAPORE · MALAYSIA

ISBN 979-8-90431-282-4

मेरी नानी और मेरी माई (दादी) के नाम

अंतर्वस्तु

आभार

जब भी मैं कोई कहानी सुनती, कहती या लिखती, सबसे पहले पापा को बताने का मन होता। यह सिलसिला बचपन में शुरू हुआ। पापा नाटकीय अंदाज में कभी रामायण सुनाते, तो कभी अपनी बचपन की कहानियाँ।

मैं बस बड़ी होने का इंतजार करती रही। जब मेरी बारी आएगी, पापा को बता सकूँ कि आप जितने या आप जैसे तो नहीं, पर कुछ कहानियाँ हैं जिन्हें बताना है।

धन्यवाद पापा (श्री हरिश्चन्द्र राय), मुझे उस रोशनी में लाने के लिए जहाँ हर कहानी की एक अपनी छाया होती है।

माँ (श्रीमती सुधा राय), न जाने आपके लिए लिखने से पहले मैंने कितनी बार शब्द लिखे, मिटाए, फिर लिखे, फिर मिटाए। शायद अभी मैं इतना अच्छा भी नहीं लिख पाती कि सही शब्दों में आपका धन्यवाद व्यक्त कर सकूँ।

आप से मैंने रिश्तों का महत्व जाना जो इस किताब की नींव बनी। धन्यवाद, रिश्तों की दुनिया दिखाने के लिए।

गोविंद भैया और मैत्रेय राय! मेरे हर कहानी पर अपनी सही राय, सही दिशा देने के लिए। मुझे उड़ना सिखाने के लिए।

सुहवल (मेरा गाँव) और निंदनपुर (मेरा ननिहाल) दोनों परिवार, जिन्होंने मुझे सिखाया कि रिश्तों के बीच की दीवारों को प्यार और बातों से तोड़कर किसी भी घर में एक खुला, हँसता-खेलता आँगन बनाया जा सकता है।

मेरे एक और माता-पिता (श्रीमती नूपुर राय और श्री पवन कुमार राय), जिन्होंने मेरी उड़ान को अपने पंख दिए और हर कदम पर नया आसमान छूने की हिम्मत दी।

साथ ही अनुषा, कृतिका भाभी और सीमा मौसी, जिन्होंने मेरे हर शब्द का हाथ पकड़ कर उन्हें किताब की दुनिया में उतारने में मदद की।

अगर यह किताब आपके हाथ में है, तो मैं इसके लिए बहुत शुक्रगुज़ार हूँ।

आज की आपाधापी की दुनिया में कोई किसी को दो पल बैठ कर सुन नहीं पाता।

इस कहानी का आप तक पहुँचने का मतलब है कि आपने बैठ कर मुझे अपना कीमती समय दिया मुझे सुनने के लिए।

यह कहानी मेरे अंदर की एक हलचल है, जिसे आपने स्वीकार किया।

मेरे लेखन में कुछ त्रुटियाँ हो सकती हैं, मेरा निवेदन है आप उसे नजरअंदाज करके किताब की मूल भावना से जुड़ें।

धन्यवाद...

– डॉ. नेहा राय

भूमिका

यूँ तो पापा मुझे कम ही डाँटते थे।

लेकिन बेटियों के लिए पापा की एक डाँट भी ऐसी लगती है जैसे पृथ्वी का गुरुत्वाकर्षण अचानक थोड़ा बढ़ गया हो, दिल नीचे की ओर खिंचने लगता है।

पापा वैसे तो दफ़्तर से आकर सीधे समाचार देखने बैठ जाते थे। देश-दुनिया में क्या हुआ, यह जानना उनके रोज़ के अनुशासन में शामिल था। पर उस दिन शायद दुनिया ने कुछ ख़ास नहीं किया था। टीवी पर कोई बड़ी खबर नहीं थी।

शायद माँ को लगा कि पापा का रोज़ का समाचार-समय यूँ ही खाली नहीं जाना चाहिए।

फिर पत्नी-धर्म भी तो कोई छोटी चीज़ नहीं है। उसमें यह भी शामिल होगा कि पति से घर की कोई खबर छूटनी नहीं चाहिए।

इसलिए उसी धर्म के निर्वहन में, माँ ने उस शाम बड़े सादे ढंग से मेरे कम अंकों और टीवी से मेरी बढ़ती हुई मित्रता का समाचार पापा को सुना दिया।

मानो घर का छोटा-सा समाचार बुलेटिन शुरू हो गया हो।

मैं घर की छोटी बेटी थी। छोटों का नियम बड़ा साफ़ होता है, मार और डाँट कम मिलती है, पर बड़े को पिटता देख-देख कर मन में ट्रेलर चलता रहता है कि पूरी फ़िल्म एक दिन हमारे साथ भी लगेगी।

जिस दिन वह तारीख़ आ जाती है, उस दिन या तो इतने शांत हो जाते हैं जैसे बचपन में ही ज्ञान प्राप्त हो गया हो… या फिर ऐसा रोते हैं कि लगता है अपने और बड़े के, दोनों के हिस्से का हिसाब एक साथ बंद कर रहे हैं।

उस दिन मैं ऐसे रोई, लगा जैसे आज मैंने भैया का भी बकाया चुका दिया।

बेटी होने का एक अधिकार और होता है, रूठने का। मैंने इसका पूरा इस्तेमाल किया। दो दिन तक बात नहीं की। सोचा, अब मनाने का दौर चलेगा।

पर यहाँ तो कहानी उलटी हो गई।

यहाँ मैं भूल गई थी कि मैं भारतीय माता-पिता के घर में रहती हूँ। ये लोग इस खेल के पुराने खिलाड़ी होते हैं। मैं चुप रही, तो वे भी चुप रहे, जैसे मैंने खेल शुरू किया और उन्होंने उसे नियमों के साथ स्वीकार कर लिया।

वो दो दिन शनिवार-रविवार थे। समय ऐसा चल रहा था जैसे उसे भी कोई जल्दी नहीं। दो दिन में मैंने यह समझ लिया कि बात न करना कोई छोटी चीज़ नहीं है।

बात न कर पाना पहले नाराज़गी को बढ़ाता है, फिर उसे गुस्से में बदलता है, फिर जीवन भर की एक ऐसी चोट बन जाता है जिसमें लगता है कि अपनों के बीच भी तुम अकेले हो।

मुझे लगा मैं उन्हें सजा दे रही हूँ, पर असल में मैं खुद ही सजा भुगत रही थी।

वो दो दिन मैं घर में ऐसे चक्कर काट रही थी जैसे इसी घर के भीतर अपना वो घर तलाश रही हूँ, जहाँ मन शांत हो सके। ध्यान आया, यहाँ न कोई मुझे हँसाने वाला है, न कोई यह पूछने वाला कि 'अभी भी रो रही हो क्या?'

गाँव याद आया।

एक शाम वहाँ माँ ने मेरी गलती पर थोड़ी पिटाई लगाई थी। मैं दुखी थी, पर वहाँ दुख के भी अपने साथी होते थे। बड़े पापा के गरम समोसे, मौसी की गोद और आँगन की चारपाई।

रोने पर भाई-बहन उस चारपाई पर हमें बिठा देते, उसे खुद कंधे पर उठा लेते, चारपाई को हवाई जहाज़ बना लेते।

उस पल में पूरा आँगन हमारा आसमान बन जाता।

ऐसे लगता सच में इन रिश्तों में हमें दुखों से दूर ले उड़ने की क्षमता है।

मुझे हँसते देख माँ भी मुस्कुरा देती थीं।

इस बीच दोनों ही पिटाई भूल जाते, जैसे भाई-बहन और आँगन ने बीच-बचाव कर दिया हो।

शहर के इस घर में न वह आँगन था और न ही चारपाई।

तब समझ आया, शहर के घरों में सब कुछ होता है, बस बैठकर दिल खोलकर बोल पाने की जगह नहीं होती।

यहाँ दीवारें इतनी मज़बूत होती हैं कि बात भी टकराकर वापस आ जाती है।

गाँव में आँगन था, जहाँ लोग खुल जाते थे।

यहाँ दीवारें सिर्फ कमरों को नहीं बाँटतीं, वे लोगों को भी थोड़ा-थोड़ा अलग कर देती हैं।

उस दिन यह समझ आया कि इस घर में भी वह आँगन, जहाँ खुलकर बातें हो सकें, वह बनाना ज़रूरी है। एक आँगन जहाँ रिश्ते आमने-सामने बैठकर बातचीत कर सकें।

उस आँगन के नाम, जिसकी ज़रूरत हर घर को है।

कहानियों का आँगन

अध्याय 1

दो कप, दो दुनिया

अलार्म की घनघनाहट कमरे में गूंज उठी। उसकी आवाज़ ठीक वैसी ही थी जैसे एक गहरी झील में सहसा कोई पत्थर गिरा हो।

अविरल का हाथ नींद से लड़ते हुए बढ़ा और मोबाइल को टटोलने लगा। स्क्रीन पर लिखा था, 'उठ जा बेटा।'

इन शब्दों का चयन उसने ख़ुद अपने लिए किया था। जैसे अगर माँ यहाँ होती, तो कुछ ऐसा ही कहकर जगाती।

मोबाइल में और भी अलार्म थे, पाँच-पाँच मिनट के अंतराल पर, मानो जानता था कि नींद उससे एक बार में नहीं दूर हो पाएगी।

बिस्तर के बाईं ओर उसकी पत्नी सोई हुई थी। गहरी, निश्चल।

पीठ अविरल की तरफ़। उसकी चादर आधी कमर तक खिसकी हुई।

उसकी साँसें उस गीत जैसी थीं जिसमें सुर-ताल सब छूट गए हों, बस शब्द बचे हों।

बस एक खाली, सपाट चेहरा। नींद में भी किसी सोच में डूबा हुआ।

सुबह की रोशनी खिड़की से धीरे-धीरे आ रही थी। खिड़की पर पड़े पर्दों के बीच से बस थोड़ी-सी रोशनी छनकर अंदर आ पा रही थी, जैसे घर में कोई मेहमान बहुत शांति से दाख़िल हो रहा हो।

अविरल कदमों में बची हुई नींद लिए बाथरूम तक आ गया। नई पत्नी के सामने खुद को थोड़ा बेहतर दिखाना भी था। शादी कब तक 'नई' कहलाती है, इसका हिसाब वह अभी तक नहीं समझ पाया था। चार महीनों के बाद भी अकांक्षा उसके लिए पूरी तरह जानी-पहचानी नहीं हुई थी।

बाथरूम के आईने के सामने खड़ा अविरल टूथब्रश के साथ संघर्ष कर रहा था। एक रोज़मर्रा की लड़ाई।

अविरल टूथब्रश ऐसे रगड़ रहा था, जैसे ज़िंदगी पर जमी हुई अदृश्य परतों को धीरे-धीरे, बेआवाज़ घिसकर हटाना चाहता हो।

आईने में उसका चेहरा थोड़ा धुंधला था।

पीछे एक पॉडकास्ट चल रहा था।

"ख़ुशी मन की अवस्था है," आवाज़ कहती रही, "ये बाहर से नहीं आती। इसे बाहर खोजना वैसा ही है जैसे अपने हिस्से की ख़ुशी किसी और की जेब में डालकर, उसे भीख में वापस माँगना।"

अविरल उस आवाज़ को ऐसे सुन रहा था जैसे कोई पुरानी बात फिर से कही जा रही हो, लेकिन नए लहजे में।

* * * * *

बालकनी में सुबह अभी पूरी तरह से फैली नहीं थी। कुछ रोशनी ज़मीन पर थी, कुछ पौधों पर।

अविरल की उंगलियाँ मोबाइल की स्क्रीन पर तैर रही थीं। इंस्टाग्राम स्टोरीज़, रील्स...किसी को पूरी तरह नहीं देख रहा था। आधे-अधूरे वीडियो, जैसे किसी किताब के पन्ने बिना पलटे ही छोड़ दी जाए और दूसरी किताब उठा ली जाए।

रील, फिर रील, फिर और एक।

हर रील के शब्द एक जैसे: “Wake up and win,” “Your time is now”; जैसे मोबाइल भी ज़िद कर रहा हो।

क्या देखना है, यह तय करना उसके लिए अब एक छोटी-सी लड़ाई बन गई थी। सब कुछ एक सा लग रहा था।

तभी पीछे उसकी पत्नी आ खड़ी हुई।

हाथ में लाल चूड़ियाँ। ना कोई कंपन, ना कोई जल्दबाज़ी। उसके कलाई पर चूड़ियों की खनक भी बहुत धीमी थी। अविरल ने बिना कुछ कहे उठकर भीतर से एक कुर्सी खींची और उसकी पत्नी के लिए सामने रख दी।

वो सामने बैठ गई। शरीर सीधा, आँखें नीचे। उसकी मौजूदगी से एक अजीब सा सन्नाटा फैल गया।

अविरल अंदर वापस गया।

रसोई से दो कप चाय छान कर ले आया। ट्रे पर एक कप उसकी तरफ़, दूसरा अकांक्षा की तरफ़, खुद से दूर। फासला साफ था।

अविरल ने ट्रे दोनों के बीच रखते हुए पूछा, "गाना सुनोगी?"

अकांक्षा ने बस गर्दन हल्का सा हिलाया।

स्वीकृति भी नहीं थी, अस्वीकृति भी नहीं। जैसे वो खुद नहीं जानती कि जवाब क्या है।

हर घूंट जैसे किसी आदत के हिस्से के तौर पर लिया जा रहा हो, मानो भीतर तक कुछ पहुँच ही न रहा हो।

मोबाइल में गाना चलाने से पहले एक विज्ञापन आया।

"सुबह की शुरुआत कैसी भी हो...Ride Your Mind पॉडकास्ट सुनिए...और पाइए अपने सवालों के जवाब।"

गाने की धुन शुरू हुई, पर उसे सुनने की अकांक्षा की कोई इच्छा नहीं थी।

वो चाय पी रही थी, एक-एक चुस्की, बिना किसी प्रतिक्रिया के।

अध्याय 2

लाल बत्ती

सड़क पर लाल बत्ती थी। अविरल की कार रुक चुकी थी। सामने की सड़क पर गाड़ियाँ एक तरफ़ बह रही थीं, जैसे किसी और समय की धारा हो।

कार के भीतर भी वही गानों और विज्ञापनों की दौड़ जारी थी, "अब कहिए ट्रैफ़िक को अलविदा…सुनिए बैक-टू-बैक हैप्पी मूड सॉन्ग्स।"

तभी कार के स्क्रीन पर एक नाम उभरा: सिक्कू।

अविरल ने स्टेयरिंग पर लगे बटन से कॉल उठा लिया, "हैलो?"

"हैलो भैया! प्रणाम! क्या हाल है?" सिक्कू की आवाज़ में वो जल्दबाज़ी थी जो किसी बात को ज़्यादा देर तक अपने पास रख नहीं पाती।

"बस बढ़िया, सिक्कू!"

"अरे! अरे! हम बात कर रहे हैं न!"

अविरल चौंका। "सिक्कू?"

पीछे से एक लड़की की आवाज़ आई, चंचल और हँसी में डूबी हुई, "हैलो भैया! प्रणाम!"

“खुश रहो, सुप्रिया,” अविरल ने मुस्कराकर कहा। आवाज़ में स्नेह था, जैसे किसी पुराने चिट्ठी को फिर से पढ़ते हुए होता है।

सुप्रिया सिक्कू की पत्नी थी। दोनों की शादी अविरल से दो साल पहले हुई थी। दोनों की जोड़ी अविरल को उस कहानी की तरह लगती थी, जिसे वो बार-बार पढ़ना चाहता था, बिना ऊबे।

सुप्रिया ने शिकायत सी की, “आप लोग तो पुणे पहुँचते ही हमें भूल गए। इतने बिज़ी हो गए क्या भैया? भाभी भी फ़ोन नहीं उठातीं। हमने फैमिली ग्रुप में भी जोड़ दिया है उन्हें।”

“हाँ... देखा,” अविरल ने कुछ सोचते हुए कहा।

वो खिलखिलाई, “ओ हो! भाभी की एक-एक बात पर ध्यान दिया जा रहा है!”

अविरल ने कार की खिड़की के बाहर देखा, जैसे उस वक़्त कोई जवाब हवा में ढूँढने की कोशिश कर रहा हो।

फिर पीछे से सिक्कू की आवाज़ आई, “अरे यार, तुम फ़ोन इधर दो! काम से फ़ोन किया है भैया को!”

“हाँ भैया,” सिक्कू फिर बोला, “वो जो कटरा का ज़मीन है यहाँ, उस पर पीछे वाला चौरेसिया बहुत तंग कर रहा है। पापा चाह रहे थे कि बड़े पापा यहीं आकर बात करें, पर उनसे हम थोड़ा डरते हैं। सोचा आपके ज़रिए बात हो जाए। आपकी शादी में इस मसले पर बात करना ठीक नहीं लगा।”

"हाँ," अविरल ने कहा, "आज पापा से पूछ कर शाम को बताता हूँ।"

"ठीक भैया! और आप भी आइए साथ में...भाभी को लेकर। आपको भी तो छह साल हो गए गाँव आए हुए।"

"हाँ... बताता हूँ वो भी।"

सिक्कू फिर ठहर कर बोला, "और भैया, भाभी को कहीं घुमाने ले गए की नहीं?"

अविरल ने एक लंबी साँस ली, जैसे जवाब उसे भी घुटन सा लग रहा हो, "उनके लिए तो ये शहर ही नया है। पहले शहर ही घुमा लूँ।"

"हाँ भैया, बात तो सही है। जानने लगो तो पराया शहर भी अपना घर लगने लगता है," सिक्कू की आवाज़ में मुस्कुराहट झलक रही थी। ऐसा बड़े कम लोगों के साथ होता है कि उनकी आवाज़ से ही मिज़ाज का पता चल जाए।

अविरल का मन उलझन में था, इतने साल पुणे में रहते हुए भी, वह उसे अभी तक अपना घर क्यों नहीं बुला पा रहा था।

लाल बत्ती अब भी थी। सामने की गाड़ियाँ चल चुकी थीं। अविरल की लेन वहीं रुकी थी।

अध्याय 3

घर होता क्या है?

धूप अब खिड़कियों से होकर, स्टील की ट्रे पर चुपचाप उतर आई थी। ऑफ़िस के कैंटीन के कोने की टेबल पर कुछ साथी बैठे थे। कॉफ़ी के मग भाप छोड़ रहे थे और लैपटॉप की स्क्रीन पर टाइपिंग की आवाज़ें किसी पुरानी राग की तरह गूंज रही थीं।

सरोज ने एक घूंट लिया, मानो याद को ज़ुबान पर रख लिया हो। फिर अचानक जैसे उसकी आँखों में कोई शादी की बारात उतर आई हो, कह उठा, "अविरल भाई! तुम्हारी शादी क्या शानदार थी! और क्या जगह चुनी थी यार...एकदम खेतों के बीच!"

अविरल की नज़र स्क्रीन से कुछ पल को हटी। उसने बहुत सीधे-साधे शब्दों में कहा, "वो आकांक्षा का गाँव था।"

"अबे! हमारे जैसे लोगों के लिए खेतों के बीच घर का मतलब होता है, Airbnb! डेस्टिनेशन!" सरोज ने मानो शहर की भाषा में गाँव को नया नाम दे दिया।

कृष्णा, कीबोर्ड पर हाथ थे पर ध्यान पूरा दोस्तों की बातों पर था। दोस्तों की बातों का एक भी लफ़्ज़ वह खोना नहीं चाहता था। उसने भी बातचीत में शामिल होते हुए कहा, "वहाँ तो पूल भी था।"

मयंक ने चुटकी ली, "अबे, तू कहीं भैंसों के तालाब में तो नहीं नहा आया? पूल कहाँ था?"

उसी वक्त अविरल के मोबाइल पर पापा का संदेश आया, "*कॉल करना जब फ्री हो।*"

स्क्रीन पर नजर पड़ते ही आँखों में थोड़ी देर का ठहराव आया, और मन उस जगह अटक गया।

"उसे पंपिंग सेट कहते हैं...," उसका स्वर अब थोड़ा धीमा और गहरा था, "हम जब छोटे थे, कज़िन्स सब मिलकर वहीं नहाने जाते थे।"

मयंक ने फिर चुटकी ली, "मतलब तू आकांक्षा के गाँव नहाने जाता था?"

मयंक उन लोगों में से था, जो हर बात को हँसी में टाल देते हैं, जैसे गंभीरता से उनकी पुरानी अनबन चल रही हो।

सभी हँस पड़े। कुछ देर तक हँसी का बवंडर चला, पर अविरल की मुस्कान थोड़ी अलग थी, जैसे वो सिर्फ होंठों पर आई थी, भीतर तक नहीं गई।

"मतलब...हमारे गाँव में। सबके गाँव में होता है पंपिंग सेट।"

उसकी आवाज़ में अब एक सहजपन था, जैसे बिना मन के उत्तर दे रहा हो, जैसे जानता हो कि यह जवाब भी ज़रूरी नहीं।

इतने में अविरल उठ गया। बिना कुछ कहे, बिना किसी प्रतिक्रिया के। उसके चेहरे पर वही थकान थी, जो अक्सर तब होती है जब कोई बात बार-बार सुननी पड़े।

उसने फोन उठाया और कैंटीन से बाहर गैलरी की तरफ बढ़ गया, पापा को कॉल करने।

सूरज ने जैसे शीशों को छूकर एक पर्दा गिरा दिया हो, और दोस्तों की हँसी उस पर्दे के पीछे से आती किसी और ज़िंदगी की आवाज़ लग रही थी, जहाँ वो अब नहीं था।

सूरज हल्की ठंडी हवा के साथ उठ रहा था। ऊँची इमारतों के काँच से टकराकर धूप बिखर रही थी, ऐसा लग रहा था कि किसी ने सोने की परतें हवा में घोल दी हों। शीशे की रेलिंग पर धूप टिकी थी, मानो वो भी ऑफ़िस में काम पर आने से पहले कुछ देर ठहरकर सोच लेना चाहती हो।

दूर ट्रैफिक के बहाव में एक लय थी। न किसी के जल्दी पहुँचने की खुशी, न देर होने की बेचैनी, बस निरंतरता। नीचे सड़कों पर दौड़ते लोग, छोटे-छोटे बिंदुओं की तरह लग रहे थे, हर कोई कहीं जा रहा था, लेकिन कौन किस दिशा में, इसका मतलब सिर्फ़ उनके लिए था।

अविरल फोन कान से लगाए गैलरी में खड़ा था। उसकी नज़रें दूर किसी बेमतलब के बिंदु पर टिकी थीं और आवाज़ में एक अजीब-सा संतुलन था। कुछ कहना भी था, और बहुत कुछ छिपाना भी।

"हाँ, पापा!"

शर्मा जी, सूरत में अपने घर के सोफे पर बैठे, ऑफिस की फिक्र को हवा में उड़ाते हुए, अपनी डायरी में पुराने वित्तीय आंकड़े देख रहे थे। तीन महीने बाद रिटायर होने वाले शर्मा जी ने, शायद रिटायरमेंट का अभ्यास शुरू कर दिया था। सामने रखी घड़ी की सुइयाँ उनकी गति से मेल नहीं

खा रही थीं, वो पलटते तेज़ थे, समय चलता धीमे था। उनका चश्मा नाक पर आगे-पीछे सरकता, जैसे कोई विचार स्थिर नहीं हो पा रहा हो।

शर्मा जी के पास रखी कुर्सी पर उनकी पत्नी, मिसेज़ शर्मा, बैठी थीं। टिफिन का ढक्कन खोलकर रोटियों को सही से जमा रही थीं, जैसे उनके सही रखने से कुछ और भी सही हो जाएगा। आँखों में हल्की चिंता थी, लेकिन बोल कुछ नहीं रही थीं।

शर्मा जी डायरी के पन्ने तेज़ी से पलटते हुए, बिना सिर उठाए बोले, "बेटा, दो मिनट बात हो सकती है?"

अविरल की नज़रें अभी भी गैलरी के काँच से बाहर देख रही थीं।

"हाँ, बोलिए..."

"जानते हैं कि तुम मना ही करोगे, फिर भी सोचा पूछ लें।"

शर्मा जी डायरी के पन्नों पर झुके हुए थे। उंगलियाँ अंकों को जोड़ रही थीं, "गाँव की ज़मीन ये तुम्हारे संजीव चाचा नहीं संभाल पा रहे। बोल रहे थे, चौरसिया रोज़ परेशान करता है। हम बेचने के समय चले जाएँगे। तुम किसी खरीदार से बात कर आओ वहाँ।"

अविरल चुप था।

उसकी नज़रें सामने थीं, पर देख कहीं और रहा था।

सीने के भीतर एक साथ दो भाव उठे।

एक हल्का-सा भरोसा, जैसे कंधों पर हाथ रखकर कहा गया हो, अब तुम संभाल सकते हो, और एक अनकही घबराहट, जैसे किसी ने अचानक बचपन के आख़िरी कोने से भी बाहर बुला लिया हो।

उसे समझ नहीं आया, यह भरोसा था...या जिम्मेदारी का बोझ, जो चुपचाप उसके हिस्से लिख दिया गया था।

अविरल मना करना चाहता था। छह साल से वह गाँव नहीं गया था।

किसी चीज़ को ना बोल देना एक ऐसा छोटा सा जवाब होता है, जिसके सामने पहाड़ सा प्रश्न खड़ा होता है कि ना बोला कैसे जाए?

"पापा... हम कैसे?"

यह उसका 'ना' था, जो सवाल बनकर बाहर आया।

"जैसे हम करते।"

शर्मा जी ने सीधा-सा जवाब दिया। एक ऐसा जवाब, जिसमें तुलना छिपी नहीं, साफ़ सुनाई दे रही थी।

ज़िंदगी में एक दिन ऐसा ज़रूर आता है जब बेटे की तुलना पिता से हो ही जाती है। और अजीब बात यह है, इस दौड़ में अक्सर पिता पहले से ही बहुत आगे खड़े मिलते हैं।

अविरल अपने आप को पहले ही इस काबिल नहीं पा रहा था, अब पिता के सामने तो जैसे उसकी कमी और साफ़ दिखाई देने लगी।

अविरल अभी शब्दों और चुप्पी के बीच अटका हुआ था, जैसे जवाब उसके भीतर कहीं है, पर बाहर आने से डर रहा हो।

तभी ऑफिस के कैफ़े से साथियों की हँसी की आवाज़ आई।

अविरल को एक पल को लगा, जैसे वह हँसी उसी तक पहुँचने के लिए निकली हो।

शर्मा जी के पास बैठी अविरल की माँ ने, जैसे फ़ोन के उस पार से ही बेटे की उलझन को छू लिया हो।

अपनी धीमी, पर तय राय देते हुए बोलीं, "आकांक्षा को साथ ले जाओ।"

अभी अविरल, माँ की दी हुई इस राय को पूरी तरह अपना भी नहीं पाया था कि शर्मा जी ने एक और बात जोड़ दी, "वो तुम्हारा भी घर है। मैं तुम्हारी शादी से इतना थका नहीं होता तो खुद चला जाता। तुम्हें तो 'वर्क फ्रॉम होम' की भी सुविधा मिल जाएगी।"

अविरल ने गाँव जाने के लिए हाँ करते हुए फ़ोन काट दिया।

पर पापा की कही हुई दो बातें उसके कानों में अटकी रह गईं,

'वो तुम्हारा भी घर है।'

और 'वर्क फ्रॉम होम।'

घर होता क्या है? किसी जगह को सच में घर कब कहा जा सकता है?

क्या वह जगह, जहाँ बचपन में साल में सिर्फ़ गर्मी की छुट्टियों में जाया जाता था, और जहाँ छह साल से जाना ही न हुआ हो, घर कहलाता है?

गैलरी से निकलते हुए अविरल ने एक बार फिर इस शहर की ओर देखा, फिर वह बाहर आ गया।

अविरल ने आकर अपनी कुर्सी संभाल ली। वही कुर्सी, जिस पर अभी थोड़ी देर पहले बैठा था।

हाथ में कॉफ़ी का कप था, लेकिन नज़रों में कुछ और ही खौल रहा था। हल्की आवाज़ में कहा, "अगले हफ़्ते गाँव जा रहा हूँ।"

मयंक ने भौंहें हल्की-सी सिकोड़ीं, जैसे कोई अनहोनी टटोल रहा हो, "सब ठीक है वहाँ?"

अविरल ने होंठों पर एक मुस्कान रखने की कोशिश की, पर उसकी आँखें सच बोलने लगीं।

"हाँ यार मयंक...नहीं जा सकता क्या बस ऐसे ही?"

सरोज अपनी कॉफ़ी के आख़िरी घूँट के साथ बोला, "सही है भाई... छुट्टी मना आओ। ज़रूरी भी है। शादी में भी ज़्यादा छुट्टी कहाँ ली थी तूने। और हाँ, इसी बहाने आकांक्षा को गाँव भी दिखा देना।"

इतना सुनकर अविरल ने सिर झुका लिया। नज़रों ने जैसे टेबल के नीचे की ज़मीन में कुछ ढूँढ़ना चाहा, शायद कोई वजह, कोई जवाब, या कोई बीती बात जो अभी तक ख़ामोश थी।

धीरे-धीरे सब उठने लगे। चाय के प्याले खाली हो गए, और कुर्सियाँ अपने पीछे खिसकने की आवाज़ छोड़ गईं।

पर अविरल वहीं बैठा रहा, एकदम स्थिर।

खिड़की से आती धूप अब उसकी पीठ पर पड़ रही थी, लेकिन उसे गर्मी का अहसास नहीं था।

अध्याय 4

आधी खाली, आधी भरी

संध्या का समय हो रहा था।

भोजन कक्ष में हलकी सुनहरी रौशनी फैली हुई थी, ऐसा प्रतीत हो रहा था कि दिन का अंतिम उजास थककर एक कोने में बैठ गया हो।

टेबल पर दो प्लेटें रखी थीं, दो बिंदुओं की तरह, जो अपनी-अपनी जगह टिके हुए थे, पर उनके बीच की दूरी उन्हें एक अदृश्य रेखा से जोड़ रही थी।

अविरल ने कसेरोल से एक रोटी उठाई और धीरे से आकांक्षा की थाली में रख दी, फिर अपनी थाली में।

थोड़ी ही देर में आकांक्षा रसोई से एक और खुला कसेरोल ले आई, जिसमें से हल्की सी भाप उठ रही थी। वह धीरे से कुर्सी खींचकर बैठ गई, मानो दिनभर की थकान कुर्सी के साथ जुड़ गई हो।

"एलेक्सा, कोई इंस्ट्रुमेंटल संगीत चलाओ," उसने यूँ कहा जैसे कमरे की चुप्पी को दूर करना चाहती हो।

अविरल ने रुककर उसकी ओर देखा, थोड़ी भौंचक मुस्कान में पूछा, "एलेक्सा? ये कब लिया?"

आकांक्षा ने धीरे-धीरे रोटी के टुकड़े उठाते हुए लगभग यूँ कहा, जैसे कोई बात हो ही नहीं,

“ऑनलाइन मंगवा लिया। आज ही आया है।”

“ओह...गुड,” अविरल ने कहा, पर आवाज़ में वो ‘गुड’ ऐसा था, जिसमें न हैरानी थी, न खुशी। ऐसा लगा कि कोई अजनबी दरवाज़ा खटखटा के चला गया हो।

हर चीज़ व्यवस्थित थी, पर चुप्पी भी थी जो मन की व्यवस्था को भंग करती हुई महसूस हो रही थी।

कुछ देर तक केवल चम्मचों की टकराहट सुनाई देती रही।

फिर अविरल ने, चुप्पी से इजाज़त लेते हुए, धीरे से कहा,

“अच्छा...हमें ना अगले हफ़्ते गाँव जाना पड़ेगा। थोड़ा काम है...आप साथ चलेंगी?”

उसका सवाल प्रश्न नहीं, निवेदन जैसा था, जैसे कोई सर्दी में किसी खिड़की से धूप माँग रहा हो।

आकांक्षा ने चेहरे पर बिना कोई विशेष भाव लाए पूछा,

“वहाँ नेटवर्क आएगा? इंटरनेट अच्छा होना चाहिए काम के लिए...”

“हॉटस्पॉट से कर लेंगे हम तो,” अविरल ने सोचा, फिर जोड़ा, “वाईफाई...शायद ना हो।”

शायद अविरल ऐसी किसी भी चीज़ की ज़िम्मेदारी नहीं लेना चाहता था, जिससे आकांक्षा को ज़रा-सी भी तकलीफ़ पहुँचे।

"कोई बात नहीं... मैं यहीं रह लूंगी," उसने रोटी का अगला टुकड़ा तोड़ते हुए कहा, लगा कि बोझ की परतें खिसक गई हों।

अविरल ने थोड़ी चिंता से देखा, "पक्का? नया शहर है आपके लिए..."

वो हँसी, जो कभी-कभी किसी की भोली-भाली गलती पर अपने भीतर उभरती है, उसके स्वर में झलक गई। बोली, "अरे! रही तो हूँ दिल्ली में अकेले।"

"बात तो सही है।"

कुछ सेकेंड फिर वही चुप्पी। खाने की थालियाँ, आधी खाली, आधी भरी, जैसे बातें भी आधी रह गईं हों।

"कब जाना है?" आकांक्षा ने पूछा।

अविरल को लगा, शायद आकांक्षा ने उसकी बात सुनी ही नहीं, या सुनी भी तो उसे उतना महत्व नहीं दिया।

"बस...अगले हफ़्ते की सोच रहा हूँ," अविरल ने फिर से जवाब दिया, इस बार जैसे अपने ही निर्णय को तसल्ली दे रहा हो।

बाहर शायद कहीं से घंटी की टन-टन सुनाई दे रही थी, और कोई ऑटो दूर से गुज़रा था। शहर अपनी रफ्तार में था, मगर इस कमरे में वक्त थोड़ा थम-सा गया था।

दोनों आमने-सामने बैठे थे।

मेज़ के बीच रखे बर्तनों की तरह, अपनी खुशबू को भीतर समेटे हुए।

अध्याय 5

हल्की-सी रौशनी

कमरे में एक हल्की-सी ही रौशनी पसरी थी। जैसे बल्ब ने भी इस रिश्ते की तरह, पूरी तरह जलने से मना कर दिया हो।

टेबल पर रखे लैपटॉप से आती चमक में अविरल की उंगलियाँ दिखाई दे रही थीं।

बस उंगलियाँ, ऐसा प्रतीत हो रहा था कि शरीर का बाकी हिस्सा इस वक्त कमरे में न हो, कहीं और चला गया हो।

वो किसी प्रेजेंटेशन को पूरा करने की कोशिश में था। किसी पुराने वाक्य को ठीक कर रहा था, लेकिन शब्द बार-बार फिसल जाते थे।

बगल में बालकनी थी, और बालकनी में आकांक्षा।

बालकनी में अपनी दोस्त अवनी से फोन पर बात करती आकांक्षा की आवाज़, अविरल के काम को और मुश्किल बना रही थी।

उसकी आवाज़ धीमी और कहीं-कहीं कांपती हुई सी थी।

"हम्म...अगले हफ्ते," वो कह रही थी, "अजीब लगता है ना? मतलब... ये अरेंज मैरिज और सब। कितना मुश्किल और अजीब है।"

अविरल की टाइपिंग धीमी हो गई। वो लाइन जो आधी लिखी थी, अब अर्थहीन लगने लगी थी।

आकांक्षा की आवाज़ कमरे में फैलते हुए सी लगी, जैसे पुरानी घड़ी की टिक-टिक किसी सुनसान हॉल में अचानक तेज़ हो जाए।

"पूरी ज़िंदगी लड़कों को भाई की नज़र से देखो और अचानक से 24/7 साथ रहने के लिए छोड़ देते हैं..."

शब्दों का असर दरवाज़े की झिरी से आता कोई सर्द हवा जैसा था, धीमा, पर कंपकंपा देने वाला।

अविरल ने फिर से टाइप करना चाहा, शायद अपने आपको बहलाने के लिए। लेकिन की-बोर्ड की हर टक-टक अब अपने ही कानों को बेइमानी लग रही थी।

"बात तो सही है...छोटा-सा घर है, सुनाई दे सकता है। पर कोई बात नहीं, वो कमरे में है। मैं बालकनी में हूँ।"

अविरल ने तुरंत टाइपिंग फिर से तेज़ कर दी, जैसे चोरी पकड़ी गई हो और अब मासूम बनने का अभिनय करना है।

"कोई राय न बनाऊँ इसलिए खुश हूँ कि ज़ा रहा है कुछ दिनों के लिए...टाइम ही नहीं मिला यार...अचानक से रिश्ता आया... अचानक से हाँ हो गई...फिर शादी की तैयारी...और फिर शादी! खुद के साथ समय ही नहीं मिला। खुश हूँ कि गाँव जाए, तो अकेले रहने को मिलेगा।"

'अचानक' शब्द कहीं अंदर चोट कर रहा था। जैसे कोई नाखून से लगातार खुरच रहा हो।

अब अविरल को पहली बार गाँव जाना किसी छुट्टी की तरह नहीं, किसी ज़रूरत की तरह लगा।

अब वो अपने लिए नहीं जा रहा था, अब वो उस सुकून के लिए जा रहा था, जो आकांक्षा को इस रिश्ते से चाहिए था।

गाँव जाने का कारण वो ख़ुद ढूँढ नहीं पाया था, पर शायद आकांक्षा ने उस कारण को चुपचाप एक लिफाफे में रखकर, उसके हाथ में दे दिया था।

अध्याय 6

प्रकाश कौन?

अविरल कार से उतरा। गाँव की हवा में एक धीमापन था। उसमें धूल के महीन कण घुले थे, जो बीते वक्त की परतों से उठे होंगे। एक अलग ही गंध आ रही थी, बारिश के बाद भीग चुके खेतों और पुराने घर की लकड़ी की मिली-जुली खुशबू।

सिक्कू दरवाजे पर खड़ा था, मुस्कुराहट में पुराने दिनों की मिठास लिए।

"आइए आइए, भैया!" सिक्कू ने लपककर अविरल का बैग पकड़ लिया, जैसे सालों का फासला इसी बहाने थोड़ा दूर कर देना चाहता हो। अविरल ने दरवाजे से भीतर झाँका। निगाहें कुछ खोज रही थीं, कुछ परखा भी जा रहा था।

"ये एंट्रेंस बदल दिया?"

सिक्कू हँसा, "अरे, कब का भैया! तीन साल बीत गए। इसीलिए तो कहते हैं कि आते रहना चाहिए गाँव, नहीं तो लगता है जैसे अपने ही घर की ईंटें पराई हो गई हैं।"

अविरल ने कमरे की दीवार पर टंगी तस्वीर देखी, कजिन्स के साथ वाली। धूल की हल्की परत जमी थी, जैसे यादों पर भी धूल जम जाती है, जिसे कोई उंगली से छूकर हटाए तो बीते दिन झाँकने लगें।

"अंदर आइए, भैया! देखिए, बब्बा आपको पहचान पाते हैं कि नहीं!"

आँगन पार करते हुए सिक्कू आगे था, अविरल पीछे।

अविरल की चाल धीमी थी, निगाहें रास्ते में हर छोटे बदलाव को टटोल रही थीं। पेड़ों की शाखाएँ कुछ झुकी-सी लग रही थीं, जैसे वो भी पुरानी बातों झुककर सुनना चाहती हों।

कमरे में दाख़िल हुए तो लगा, दवा, पुरानी लकड़ी और थोड़ी-सी सीलन की मिली हुई गंध दरवाज़े पर ठहरी हुई थी।

चारपाई पर बब्बा लेटे थे। आँखें बंद, साँसों की धीमी आवाज़ किसी भूले-बिसरे राग की तरह बज रही थी।

धूल से ढकी खिड़की की पाटी पर दवाइयों की कतार सजी थीं।

टेबल फैन हवा से ज़्यादा अपनी आवाज़ कमरे में भर रहा था।

चारपाई के सामने फ़ोटोफ़्रेम टाँगा हुआ था, जहाँ बब्बा की आँखों में उम्र का बोझ नहीं था।

"बब्बा! ओ बब्बा! देखिए कौन आया है! पहचानिए तो!"

सिक्कू की पुकार सुनते ही बब्बा ने सिर उठाने की कोशिश की। सिक्कू ने झटपट उन्हें थाम लिया। अविरल ने हाथ बढ़ाया, पर झिझककर वापस खींच लिया। वह क्षण ऐसा था मानो सामने खड़ा अपना ही हो, पर भीतर सवाल उठे, क्या सचमुच इतना परिचय है कि क्या मैं उस दूरी को छूकर समाप्त कर सकूँ?

"आराम से, आराम से उठिए!" सिक्कू की आवाज़ में अपनापन साफ़ सुनाई दे रहा था।

"प्रणाम, बब्बा!" और अविरल की आवाज़ कई भावनाओं से भारी हो गई, मानो बिन की गई गलती के लिए माफ़ी माँग रही हो और यह सवाल भी कि अपनेपन के बीच वह सालों तक पराया क्यों बना रहा।

सिक्कू ने इशारे से कहा, 'हाथ रखिए भैया!'

अविरल ने हल्के से अपना हाथ बब्बा के हाथ पर रखा। झुर्रियों वाली उंगलियाँ उसके हाथ को टटोलने लगीं, "प्रकाश!"

सिक्कू हँस पड़ा।

"अरे नहीं बब्बा! प्रकाश भैया नहीं, ये अविरल भैया हैं! बड़े पापा के बेटे!"

बब्बा की उंगलियाँ धीरे से हट गईं, जैसे पानी की लहर किनारे छूकर वापस चली जाए। आँखें बंद कर लीं।

"अभी नहीं पहचान रहे। बाद में पहचान लेंगे। कोई बात नहीं भैया, आइए।"

बाहर जाते हुए अविरल ने आख़िरी नज़र डाली। बब्बा चारपाई पर लेटे थे, आँखें बंद। दिल में हल्की कसक थी, क्या वर्षों की दूरी ने पहचान को बदल दिया था?

अविरल फिर से कज़िन्स वाली तस्वीर के सामने आ खड़ा हुआ। उसने धीरे से पलंग पर बैठते हुए पूछा, "ये प्रकाश कौन है?"

सिक्कू अलमारी में बैग रख रहा था।

"बगल वाले घर में रहते हैं। कभी-कभी बब्बा से मिलने आ जाते हैं।"

अविरल की आँखें सोच में डूबीं।

"बगल में तो मिश्रा दादाजी रहते थे। उनकी फैमिली अब भी यहीं है?"

सिक्कू अलमारी बंद कर पलटा, "मिश्रा दादाजी तो कब के निकल लिए। घर सूना पड़ा है। दादी का तो बहुत पहले देहांत हो गया था।"

"हाँ, याद है। गुड्डू भईया की शादी के समय..."

अविरल ने सिर पलंग की टेक से टिकाया। कमरे की दीवारों पर हल्की दरारें दिख रही थीं, जैसे वक़्त ने अपनी उंगलियों से कोई भूला-बिसरा नक्शा बना दिया हो।

"अरे हाँ! तब तो आप यहीं थे!"

सिक्कू की बात पूरी भी नहीं हुई थी कि चाचाजी और चाचीजी दरवाजे पर आ खड़े हुए। दरवाजे की चौखट पर हल्की धूप थी, जिसमें रिश्तों की परछाइयाँ धीरे-धीरे चमक रही थीं।

अविरल उठा, पलंग के किनारे रखे चप्पल को बिना देखे टटोलते हुए उसने पहना, जैसे कोई भूली हुई राह याद कर रहा हो। बचपन में भी चाचाजी की एक चेतावनी जैसी आवाज़, सभी बच्चों के लिए काफ़ी थी, और अब भी अविरल की प्रतिक्रिया वही थी।

"प्रणाम, चाचाजी। प्रणाम, चाचीजी," चाचाजी और चाचीजी के पैर छूते हुए उसने कहा।

चाचाजी पलंग पर बैठ गए।

चाचीजी ने हाथ बढ़ाकर अविरल के सिर पर रख दिया, मानो पुराने आँगन की धूप सिर पर उतर आई हो, "खुश रहो, अवि! कैसे हो, बेटा? आकांक्षा कैसी है?"

"बस चाचीजी, आपका आशीर्वाद है।"

चाचाजी ने तंज़ भरी मुस्कान दी, "कभी-कभी सच में आशीर्वाद लेने भी आ जाया करो। उसको भी बोलो।"

चाचीजी हँस पड़ीं, "अरे, आया तो है! अपने से आया है। है ना, बेटा?"

अविरल ने सिर हिलाया, हल्की मुस्कान के साथ।

"सत्तू के पराठे बनाएँ है, बेटा! तुम्हारी पसंद के," चाचीजी की आवाज़ में गर्व था कि उन्हें आज भी अविरल की आदतें याद थीं।

"आपको याद है!"

चाचाजी ने अपना सीना थोड़ा फैलाते हुए कहा, "इनको तो बंसरी के समोसे भी याद हैं तुम्हारे लिए।"

"हाँ, वो शाम को मंगवा दूंगी वीरेंद्र से।"

अविरल का चेहरा खिल उठा, "अरे चाचीजी! धन्यवाद। वैसे समोसे तो सच में कहीं नहीं मिले हमें आज तक।"

"चलो, तब तक मैं खाना लगाती हूँ। फ्रेश होकर आ जाओ।"

चाचीजी रसोई की ओर चली गईं।

चाचाजी ने एक लंबी साँस भरी। थोड़ा ठहरकर पूछ बैठे, "बड़े भैया क्यों नहीं आए?"

अविरल ने नजरें नीची कर लीं।

"वो…हमने सोचा, हम ही आ जाते हैं।"

"हम्म," चाचाजी का 'हम्म' बस एक आवाज़ भर था, लेकिन उसमें उनकी असहमति और अनकहा सवाल दोनों साफ महसूस हो रहे थे।

सिक्कू मुस्कुरा रहा था।

कमरे में चुप्पी पसर गई। कहीं दूर से हल्का शोर आ रहा था, शायद किसी बैलगाड़ी की चरमराहट, या पुराने दरवाजों की धीमी भनक।

"ये सवाल भी है...तुम्हारा प्लान कैसे बना?" फिर कुछ पल ठहरकर अचानक चाचाजी पूछ बैठे।

अविरल ने खुद को सहज करने की कोशिश की।

"ऐसे ही, चाचाजी। बहुत साल हो गए थे, इसलिए..."

चाचाजी ने दीवार पर टंगी घड़ी की ओर देखा, जैसे वक्त का कोई हिसाब लगा रहे हों।

"हम्म...साल तो बहुत हो गए थे।"

चाचाजी उठकर दरवाजे तक गए, फिर ठहरकर बोले, "खाने पर आ जाना टाइम से।"

अविरल ने सिर हिलाया।

चाचाजी के जाते ही अविरल पलंग पर फैल गया, जैसे किसी भारी बोझ से आज़ादी मिली हो और अब बस चैन चाहिए।

सिक्कू भी उसके बगल में गिर पड़ा, मानो हर दर्द और थकान को साझा कर रहा हो।

लेकिन सिक्कू जानता था कि अविरल के लिए दिन कैसे रोचक बनाया जाए।

वह अभी पलंग पर लेटा ही था कि अचानक आधा उठ खड़ा हुआ और पूछा, "भैया! बगीचे पर चलेंगे घूमने?"

अध्याय 7

दादी का डब्बा

आसमान में लालिमा और धूप का सुनहरा रंग फैलने लगा था, जैसे किसी फीके चित्र पर फिर से जीवन उतर आया हो।

सिक्कू आगे-आगे, अविरल पीछे-पीछे, दोनों बीते वक्त की सिलवटों पर फिर से कदम रख रहे थे।

सिक्कू ने बगीचे में काम कर रहे खेतिहर को पुकारा, "ये रहे अविरल भैया! बड़े पापा के बेटे! वही पुणे वाले!"

अविरल ने हाथ हिलाया, थोड़ा संकोच के साथ।

सिक्कू की आवाज़ में अपने भैया का नाम लेते वक्त एक अनकहा गर्व था।

एक आदमी दौड़कर दो लाल प्लास्टिक की कुर्सियाँ बीच बगीचे में रख गया।

बगीचे के चारों ओर आम के पेड़ ऐसे लय में झूम रहे थे, जैसे अविरल को देख खुशी से नाच उठे हों।

आम से अविरल का रिश्ता पुराना था। बचपन में वो अपनी जेब में नमक रखकर पेड़ों पर चढ़ जाता, और वहीं बैठकर कच्चे आम का आनंद लेता जब तक सूरज ढल न जाए।

पेड़ों को निहारते हुए वो मुस्कराया, "आम इस बार कुछ मीठे लग रहे हैं।"

"पिछली बार तो इससे भी ज़्यादा थे। अब तो बस शुरुआत है। वहाँ दशहरी मिलता है, भैया?"

अविरल उठ खड़ा हुआ। उसकी नज़र खेत के उस आम के पेड़ पर थी, जो अब भी वैसे ही खड़ा था, उम्र के हर मौसम को अपने भीतर छुपाए।

"आम खाए ज़माना हो गया। वहाँ तो हर चीज़ पर दाम चढ़ा होता है... लगता है हर मीठी यादों पर टैक्स लग गया हो।"

सिक्कू हँसा, "अरे भैया, आपको महंगे-सस्ते से क्या! सुना है, आप तो अब खूब कमाते हैं।"

अविरल आम के पेड़ की ओर बढ़ा। सिक्कू वहीं खड़े-खड़े पत्थर से निशाना लगाने लगा। एक-एक आम ज़मीन पर ऐसे गिरा जैसे बचपन की शरारतें फिर से उतर आई हों।

निशाना लगाते हुए सिक्कू ने पूछा, "घर ले लिया क्या भैया वहाँ?"

"अभी कहाँ! मेट्रो में घर लेना आसान कहाँ! आधी आमदनी तो किराए में चली जाती है।"

अविरल शहर की शिकायत करते हुए भी मुस्कुरा रहा था, शायद अब उसका सारा ध्यान आम पर ही था।

वे दोनों आम लेकर लौटे।

एक आम को अविरल ने अपनी टीशर्ट से साफ़ किया, मानो वक़्त की गर्द पोछ रहा हो।

जग के पानी से आम धोते हुए सिक्कू ने सवालों की लड़ी अपने हाथों में थामी रखी, "भाभी भी कमाती हैं, अच्छा है ना?"

अविरल ने आम की ओर देखा और कहा, "हाँ...अच्छा तो है।" साफ़ नहीं था कि वह आम की तारीफ़ कर रहा है या सिक्कू के सवाल का जवाब दे रहा है।

सिक्कू ने दूर खड़े खेत में काम कर रहे खेतिहर को आवाज़ लगाई और पंपिंग सेट की ओर इशारा करते हुए उसे चालू करने को कहा।

"सुप्पू भी नौकरी करना चाहती है...पर गाँव में स्कूल ही एक रास्ता है, और उसे बच्चों से एलर्जी है।"

अविरल ने कुछ हिचकिचाते हुए, थोड़ी उलझन भरी आवाज़ में पूछा, "सुप्पू तीन महीने की प्रेग्नेंट है ना?"

"हाँ, पर मेरा मतलब औरों के बच्चों से है। अपने वाले को तो दो-चार झाड़ सकते हैं, पर औरों को प्यार से ही समझाना पड़ता है आजकल।"

इसी बीच पम्पिंग सेट चल पड़ा। मोटर की आवाज़ ने उस खामोशी में हलचल सी पैदा कर दी।

अविरल अनजाने ही पंपिंग सेट की ओर बढ़ने लगा, उसे ख़ुद भी एहसास नहीं हुआ कि कदम कब उठ गए।

उस ओर बढ़ते हुए उसने पूछा, "रोशन चाचाजी याद हैं?"

सिक्कू भी झट से अपने भैया के पीछे हो लिया, "अरे! वो पीछे वाले? कैसे भूल सकते हैं भैया। उनका बेटा अब अमेरिका में है...उन्हें भी ले गया।"

"उनका थप्पड़ याद है?"

सिक्कू हँसा, "खाए हम, याद भी हमें ही रहेगा!"

"जीतू भी खाया था।" अविरल की आवाज़ में 'जीतू' नाम ऐसा लगा, जैसे कोई पुराना दरवाज़ा हिलकर रह गया हो। खुला नहीं, बंद भी नहीं हुआ।

अविरल के कदम हवा को चीरते हुए पंपिंग सेट की ओर बढ़े।

जहाँ अविरल पंपिंग सेट के पानी की आवाज़ में कहीं खो गया था, सिक्कू के लिए वो रोज़ का बहता शोर था। उसने अपनी बात अधूरी न रहने दी और कहा, "यहीं पम्पिंग सेट के पीछे छुपे थे हम उस रात। जीतू, मंदिर में। भैया, घर में किसी को ढूँढने तक की फुरसत नहीं हुई। छोड़ दिया सबने की भूख तो खींच कर ले ही आएगी दोनों को।"

अब अविरल का ध्यान सिक्कू की बात पर गया। जिस परिवार की बात सिक्कू कर रहा था, उस परिवार, यानी उस शिकायत का हिस्सा अविरल भी था।

अविरल को लगा, इस कहानी में वह दर्शक कम और किरदार ज़्यादा है, "क्योंकि गलती तुम्हारी थी।"

"गलती? बस ट्रैक्टर स्टार्ट कर दिए थे। गलती असल में पड़ोस वाले रोशन चाचा की थी। ट्रैक्टर में चाबी वही छोड़ गए थे।"

“पर ट्रैक्टर खेत को रौंदते हुए गया था, वो भूल गए?”

दोनों की हँसी हवा में ऐसे घुली कि लगा हवा भी मुस्कुरा उठी हो।

सिक्कू ऐसे रुका था, जैसे शिकायत अभी पूरी नहीं हुई हो, “हमारे जमाने में कोई भी पीट देता था और घरवाले ऊपर से बोनस में दो-चार और जमा देते थे…बिना पूछे कि किया क्या! आज सोचते हैं… पापा लोग हमेशा नाराज़ क्यों रहते थे? हर वक्त बादल छाए रहते थे उनके माथे पर। पर…दादी बस एक थीं जो चुपचाप रात को पास सुला लेती थीं।”

दादी का नाम आते ही अविरल आगे झुका, मानो कहना बाकी रह गया हो कि वह भी उस बात से परिचित है, “वो स्टील का डब्बा…याद है बताशों वाला…?”

सिक्कू हल्की मुस्कान लिए कहता है, “पिटाई खत्म होते ही कदम अपने आप दादी की ओर चल पड़ते थे। लगता था, डाँट की कड़वाहट अब बस दादी के बताशे ही दूर कर सकते हैं। जितनी बार मार पड़ी, उतनी ही बार दादी से बताशे मिले। जैसे हर चोट के बाद दादी के बताशे कोई मीठा मरहम हो।”

दोनों थोड़ी देर चुप रहे। शायद मुँह में फिर वही पुरानी मिठास लौट आई थी।

अविरल ने अचानक बिना वजह बोलना शुरू किया, “वही! उसी डब्बे से दादी निकालती थीं...एक-एक बताशा जैसे कोई चाँदी की गोली दे रही हों।”

"जीतू और मैंने, भैया इतनी मार खाई है कि हम दोनों को तो आए दिन बताशा खाने को मिल जाता था। सारी रात वो हमें सटा कर सुलातीं।"

"हमें भी देती थीं। जब भी हम आते थे यहाँ…और जब भी लौटने वाले होते थे…" अविरल ने भी हाज़िरी लगाई ताकि ऐसा न लगे कि वह दादी का प्यार बटोरने में पीछे रह गया है।

"आपने तो उतनी मार ही नहीं खाई थी...दादी का बताशा भी थोड़ा कम ही मिला होगा।"

अविरल ने हैंडपंप के मुंह पर उँगली से टपकता पानी छेड़ा।

उसके दिमाग़ में अचानक सूरत के उस घर की परछाई उतर आई जहाँ परिवार के नाम पर बस तीन लोग रहते थे। मम्मी, पापा और वह खुद। ध्यान उसी पल पर गया जब पापा का गुस्सा पंद्रह साल के अविरल पर टूट पड़ा था। वह कमरे में अपने आप को छोटे से कोने में दबाए बैठा था, दरवाजे की दूसरी ओर पापा जोर-जोर से खटखटा रहे थे। डर ऐसा था कि हर धड़कन उसके भीतर गूँज रही थी।

पापा की डाँट गूँजी, जैसे किसी ने रेडियो की आवाज़ बिना इजाज़त ऊँची कर दी हो। दरवाज़े पर की हर खटखट कमरे में नहीं, उसके सीने में पड़ रही थी।

"खोलो... खोलो दरवाज़ा!"

अविरल पर तो असर साफ दिख रहा था, शायद माँ को भी यही दिखा। शायद इसी वजह से उन्होंने पापा से कुछ कहने की हिम्मत जुटाई, "अरे जाने दीजिए। आख़िर और कितना मारेंगे?"

पर शर्मा जी और भी तमतमा उठे, "ऐसे कैसे जाने दें! आज स्कूल बंक किया है, कल ऑफिस भी करेगा! बाप फीस भरे, और ये दरवाज़ा बंद करे? कल फिर निकलेगा, तो और मार पड़ेगी।"

अंदर पंद्रह साल का अविरल अपने बालों को सहलाते हुए वही लोरी गुनगुनाने लगा, जो उसने दादी को सिक्कू को सुनाते हुए सुनी थी। एक बताशे की उम्मीद में वह ठंडे फ़र्श पर खुद को समेटकर सो गया।

उस दरवाज़े की खटखट और हैंडपंप की हल्की थाप अब एक जैसी सुनाई दे रही थीं, जैसे दो समय एक ही लय में आ गए हों।

अध्याय 8

सवालों का बोझ

बाहर नीम के पेड़ की परछाई धीरे-धीरे सरक रही थी, और अंदर दोपहर अपनी ऊब में पसर गई थी। दोपहर का वो समय, जो थका सा लगता है पर गुज़रता नहीं।

अंदर कमरे में अविरल बिस्तर पर लेटा था। सीने पर लैपटॉप रखे, वह मीटिंग में होते हुए भी नींद से लड़ रहा था।

बाहर से चाचाजी की वही पुरानी खाँसी सुनाई दी, उनका यही तरीका था बताने का कि वो अंदर आना चाहते हैं, बिना 'आ रहा हूँ' कहे।

खाँसी की आवाज़ सुनते ही अविरल फिर वैसे ही भागा जैसे हर बार उसकी आदत थी। अंदर झाँकते हुए चाचाजी ने कहा, "काम कर रहे हो तो बाद में आते हैं।"

अविरल ने चादर ठीक करते हुए कहा, "नहीं...बस थोड़ा डेटा टैली कर रहा था।"

चाचाजी ने भी लैपटॉप पर एक नजर डाली और मुस्कुराते हुए कहा, "एप्पल है?"

अविरल ने हल्की मुस्कान में गर्दन झुका लिया।

“कभी यहाँ के डेटा भी टैली कर लिया करो।”

कमरे में अचानक गर्मी फैल गई। अपराधबोध ने जैसे अपने अदृश्य हाथ फैलाकर अविरल को जकड़ लिया।

चाचाजी बिस्तर के एक कोने पर बैठे और बड़ी ही गंभीरता से पूछते हुए बोले, “भैया क्यों नहीं आए?”

अविरल के लिए यह बात समझ से परे थी कि चाचाजी ये सवाल बार-बार क्यों उठा रहे हैं।

अविरल ने थोड़ी देर मौन साधा। पर वह जानता था कि चाचाजी बेसब्री से उसके जवाब का इंतज़ार कर रहे थे।

“शादी में थक गए थे। इसीलिए मैंने कहा कि मैं ही चला जाता हूँ।”

चाचाजी ने ठुड्डी सहलाते हुए कहा, “इतने सालों में एक बार आकर तुम क्या जानोगे इस ज़मीन के बारे में? भैया तो सूरत में जा बसे…”

चाचाजी कुछ पल के लिए ठहरे, और अविरल समझ गया कि अभी सारी बातें पूरी नहीं हुई थीं।

“तुम्हारे बब्बा के इलाज में हर महीने कितने पैसे लगते हैं, जानते हो?”

अविरल सही था।

चाचाजी बातों में बात जोड़ते हुए बोले, “और ऊपर से ये ज़मीन की उलझन। जब रहना नहीं था, तो ली ही क्यों थी?”

“वो कह रहे थे…बेच देते हैं।”

“बेचना है तो हस्ताक्षर के लिए आना पड़ेगा। सब ऑनलाइन नहीं हो सकता, बेटा।”

चाचाजी उठ खड़े हुए, उनकी नजरों में वही खिंचाव था, मानो बातचीत का हल अभी तक उनके मन को संतुष्ट न कर पाया हो, “तुम करो अपना काम। तुमको क्या लेना-देना इन सब से। खामखां चले आए।”

चाचाजी कमरे से बाहर निकल गए, चेहरे पर हल्की निराशा लिए।

अविरल फिर से बिस्तर पर गिर पड़ा, जैसे किसी ने उसके सर पर सवालों का बोझ रख दिया हो।

अध्याय 9

समय और सब्र

रसोई में दोपहर ठहरी हुई थी। चूल्हा जल रहा था।

बाहर की गर्म हवा में पत्तियाँ थकी हुई-सी डोल रहीं थीं।

भीतर तीन लोग- अविरल, सिक्कू और सुप्रिया, फ़र्श पर चटाइयों पर बैठे थे। थालियों के घेरे में जैसे कोई छोटा-सा संसार रच गया हो।

अविरल ने पहला कौर उठाते ही मुस्कान बिखेरते हुए कहा, "अरे वाह चाचीजी...बैंगन का भर्ता! ये तो बरसों बाद नसीब हुआ है!"

चाचीजी ने तवे पर पराठा ऐसे पलटा, जैसे पराठा धीरे से करवट ले रहा हो, और कहा, "तुम्हें और जीतू को बहुत पसंद थे ना ये? जीतू कैसा है बेटा? बात हुई उससे?"

सिक्कू ने बीच में ही लपककर जवाब दिया, "बिलकुल ठीक है! परसों उसका रील देखा था, मनाली में घूम रहा है।"

वो बोलते हुए सुप्रिया के थाली से आचार का टुकड़ा भी उठा चुका था।

चाचीजी ने चुपचाप छाछ का कटोरा सिक्कू से दूर सरकाया।

'बात हुई उससे?' शब्द साधारण थे, पर उनमें वो कसक थी जो बताती है कि अब सब बदल चुका है। अविरल बस सिर झुकाए रह गया।

अविरल थोड़ा रुका, जैसे शब्द उसकी ज़ुबान पर नहीं, गले में अटक रहे हों। हल्के से बोला, "नहीं... वो..."

सिक्कू ने जैसे भीतर जमा हर खबर को निकाल दिया हो, "बताया हमने कि भैया आ रहे हैं। उसने कहा, 'मनाली ना गया होता, तो ज़रूर आता तुम सब से मिलने।' शादी में भी नहीं आ पाया था न।"

सुप्रिया ने सिक्कू की थाली से रोटी खींच ली।

सिक्कू के चेहरे पर झुंझलाहट थी, आँखों में सुप्रिया की जीत।

अविरल उन्हें देखता रहा।

वो रोटी अब सिर्फ खाने की चीज़ नहीं रही थी, वो दो लोगों के बीच की समझ का सबूत बन चुकी थी।

उसे लगा, जीवन का असली स्वाद इन्हीं पलों में है, जहाँ कोई बिना बोले समझ ले कि कितना छेड़ना है, और कहाँ थम जाना है।

अचानक उसके मन में सवाल आया, क्या ऐसे पल कभी उसके और आकांक्षा के बीच बन पाएँगे?

चाचीजी ने शिकायत भरे स्वर में कहा, "भगवान जाने क्या करता है वो...इतना व्यस्त रहता है!"

अविरल ने अगला कौर मुँह की ओर बढ़ाया ही था कि चाचीजी ने फिर पूछा, इस बार थोड़ी सी हिचक और उम्मीद के साथ, "वैसे करता क्या है वो, बेटा?"

अविरल ने थोड़े संकोच के साथ, धीरे से कहा, “काफ़ी समय हो गया, बात नहीं हुई।”

चाचीजी की नज़र कुछ पल के लिए आज से हटकर अतीत में चली गई। बोलीं, “बचपन में तुम दोनों इतने साथ थे कि किसी को अलग से बुलाने की ज़रूरत ही नहीं पड़ती थी। एक के बिना दूसरा अधूरा।”

बाहर से खाँसी की आवाज़ आई, चाचाजी की।

चाचीजी ने तुरंत सिक्कू को थाली पकड़ाई, “सुनो, ये थाली पापा को दे आओ।”

बाहर से आती हुई चाचाजी की आवाज़ में अब भी वही पुराना ठहराव था, “चौरसिया से बात हुई है। परसों मिलेगा वो।”

अविरल ने थोड़ी झिझक में पूछा, “इन सब में कितना समय लगेगा, चाचाजी?”

चाचाजी सिक्कू के हाथ से थाली खींचते हुए थोड़ी झुंझलाहट के साथ बोले, “इन सब में समय और सब्र दोनों लगता है।” फिर ज़रा रुककर बोले, “अरे, ज़रा आम वाला अचार भी ले आ।”

सिक्कू ने मुँह बनाते हुए कटोरा उठाया, जैसे कोई भारी ज़िम्मेदारी हो।

चाचाजी ने उसे नज़र भर के देखा, “तुम लोगों की पीढ़ी को देखता हूँ, तो लगता है...सब्र तो जैसे अब किसी म्यूज़ियम में रखी चीज़ हो गई है। जिन्हें तीन मिनट का वीडियो भी लंबा लगता है, वो तीन हफ़्ते कैसे रुकेंगे किसी काम के लिए?”

सुप्रिया ने धीमे स्वर में फुसफुसाया, "तीन हफ़्ते?"

अविरल और सिक्कू उसे देखकर मुस्कुरा उठे।

तीन थालियों से सजा यह छोटा-सा संसार, अलग-अलग स्वाद होते हुए भी भीतर कहीं एक ही सी मिठास समेटे था। अविरल यह देखकर खुश था।

अध्याय 10

यह आँगन है

आँगन में साँझ धीरे-धीरे फैल रही थी। हवा दीवारों से टकराकर लौट रही थी।

नीम की छाया लंबी होकर दीवार तक आ गई थी। लकड़ी की कुर्सी पर अविरल बैठा था।

हाथ घुटनों पर, नज़र ज़मीन पर। ऐसा अक्सर तब होता है जब यह पल सामने खड़ा होता है, और हम उसके पार कुछ और ढूँढ रहे होते हैं।

पास ही एक खाट पड़ी थी। खाली।

कभी इसी खाट पर अविरल, जीतू और सिक्कू बिना जगह नापे एक साथ सो जाया करते थे।

तब खाट छोटी नहीं लगती थी। बचपन बड़ा ज़रूर लगता था।

बब्बा का कमरा आँगन से सटा हुआ था, जैसे दोनों एक-दूसरे को जानते हों।

अचानक कमरे के भीतर से आवाज़ आई। आवाज़ में हल्की-सी कंपन थी, "सिक्कू...?"

अविरल चौंका।

वह भागता हुआ कमरे में दाख़िल हुआ। एक पैर दूसरे से बहुत आगे, जैसे शरीर को मन की जल्दबाज़ी का अनुमान ही न हो।

सिक्कू और चाचाजी घर पर नहीं थे।

वे तो जाते हुए कह गए थे कि बब्बा की नींद सीधे खाने के समय खुलेगी।

"बब्बा...सिक्कू तो खेत पर गया है," अविरल ने कहा। आवाज़ में संकोच था, "पानी...पानी पिएँगे?"

वह थोड़ी देर वहीं खड़ा रहा, जैसे अब क्या कहना है यह तय नहीं कर पा रहा हो।

बब्बा ने उठने की कोशिश की। हाथ बिस्तर पर दबा, शरीर आधा उठाया।

अविरल की तरफ देखकर, हल्की मुस्कान के साथ बोले, "प्रकाश, खाँसी की दवाई दे दो।"

अविरल ने दरवाजे की ओर झुककर देखा कि कोई खड़ा हो जो उसे रास्ता दिखाए।

उसकी नज़र बब्बा के पास वाले तख़्त पर गई।

तख़्त पर सारी दवाइयाँ सजी थीं। साफ़, पंक्तिबद्ध। हर पैकेट पर दवाई का नाम हिंदी में लिखा हुआ।

उसने सबको एक-एक करके देखना शुरू किया।

एक पैकेट पर साफ़ लिखा था, 'खाँसी के लिए'। हाथ उस पर टिक गया।

अविरल ने हाथ में गिलास लिया।

"ये...ये लीजिए," आवाज़ खुद उसके लिए भी अजीब लग रही थी।

थोड़ी झिझक, थोड़ी जल्दी, जैसे शब्दों को दबा कर रखा गया हो।

उसने पास रखे जग से पानी भरा, जो बिस्तर के पास जमीन पर रखा हुआ था।

धीरे-धीरे बब्बा के सामने हाथ बढ़ाया और बब्बा ने खुद भी उसका हाथ थाम लिया।

उसे उन हाथों में उम्र की ठंडक और भरोसा दोनों महसूस हुए।

फिर बब्बा ने धीरे-धीरे आँखें उठाकर आँगन की ओर देखा।

"बाहर...आँगन में ले चलो, प्रकाश।"

अविरल ने सिर हिलाया।

बब्बा की नज़र आँगन में टिक गई थी

अविरल ठहरा, समझ नहीं पा रहा था कि बब्बा को कैसे उठाए।

"जी...? जी...जी, बब्बा!"

शब्द फड़फड़ाए, जैसे हर अक्षर उसके भीतर उलझा हुआ हो।

बब्बा ने आँखें फड़काई, हाथ तख़्ते पर टिकाए।

उनकी आवाज़ में हल्की नाराज़गी और अधीरता थी,

जैसे कह रहे हों, 'अरे, यह तो बिल्कुल साफ़ है कि तुम्हें मुझे गोद में उठाना ही पड़ेगा।'

"गोद में उठाओ, प्रकाश!"

और उसी एक शब्द में, बिना किसी झिझक के, अविरल को समझ आ गया कि अब कोई विकल्प नहीं है।

वह धीरे-धीरे आगे बढ़ा, हाथ बढ़ाकर बब्बा को सहारा देने के लिए तैयार हुआ।

ऐसा नहीं था कि अविरल बब्बा को उठाने में असमर्थ था। वजन में तो अब बब्बा उसके आधे भी नहीं रहे थे। पर अविरल सोच में पड़ा था, कैसे पकड़े कि बब्बा को चोट न लगे।

कभी-कभी रिश्ते ऐसे होते हैं, जिनकी ताक़त उनकी नाज़ुकता में छिपी होती है।

आँगन की मिट्टी अब हल्की ठंडी लग रही थी।

बब्बा झूलती कुर्सी में आराम से बैठे थे। पैर हल्के से आगे फैलाए जैसे पूरा आँगन उनका ही हो।

वह हर धूप की किरण को महसूस कर रहे थे। हर हवा की हल्की सरसराहट में मुस्कुरा रहे थे।

अविरल खाट पर थोड़ी दूरी पर बैठा था। आँखों में हल्की झिझक, पर ध्यान बब्बा पर।

"आज बड़ी प्यारी धूप निकली थी।" धूप और उनकी आवाज़ एक साथ आँगन में बिखर रही थी।

अविरल बब्बा को ही देखता रहा।

फिर धीरे-धीरे मुस्कुराया और बोला, "हाँ, बब्बा।"

दूर कहीं से भजन की आवाज़ आँगन में पड़ रही थी।

बब्बा कुछ देर उस आवाज़ को बड़े ध्यान से सुनते रहे, जैसे पहचान रहे हों।

फिर उन्होंने आँगन के छोर तक नज़र दौड़ाई, और बोले, "हमको आँगन में बड़ा अच्छा लगता है।"

बब्बा की मुस्कान ने अविरल को बाँध रखा था।

वह उनकी आँखों में आँगन का बीता हुआ समय देख पा रहा था।

यहीं कभी बब्बा बैठे होंगे।

कभी सोच में डूबे। कभी बच्चों को गेंद के पीछे भागते हुए देखा होगा। कितनी आवाज़ें, कितनी खामोशियाँ इस मिट्टी में अब भी ठहरी होंगी। आँगन ने सब देखा था। और आज, उसी आँगन में खड़ा अविरल खुद को बब्बा का हिस्सा जैसा महसूस कर रहा था।

इसीलिए वह बोल उठा, "हमको भी!"

"तो रोज़ आया करो। शाम में बैठा करेंगे," बब्बा ने यह ऐसे कहा जैसे इसमें सोचने लायक कुछ था ही नहीं।

जैसे मिलना कोई अलग काम नहीं, दिन का ही एक हिस्सा हो।

जैसे साथ बैठने के लिए कैलेंडर नहीं, सिर्फ़ एक जगह की ज़रूरत होती है।

अविरल की नज़र बब्बा से हट गई। सीने के भीतर कुछ भारी-सा टिक गया।

वह जानता था, हर शाम यूँ खाली बैठ पाना, सिर्फ़ बात करने के लिए मिल पाना,

यह तो वह पुणे में अपने दोस्तों के साथ भी नहीं कर पाता था।

और बब्बा को कौन समझाए कि यहाँ उसका रहना कुछ ही दिनों का है।

"कुछ बोलो, प्रकाश," उन्होंने सहजता से कहा, "आज बड़े चुप-चुप से हो?"

अविरल ने लंबी साँस ली, "क्या बोलें, बब्बा…कुछ समझ ही नहीं आ रहा।"

"यह आँगन है, प्रकाश। घर अगर दोस्तों की मंडली है, तो यह बेस्ट फ्रेंड। घर अगर ख़ुशी का ठिकाना है, तो यह सुकून। घर अगर प्यार है, तो आँगन उस प्यार की गोद। घर के कमरों में चाहे नाराज़गियाँ बसती हों, झगड़ों की गूँज सुनाई देती हो। आँगन में अक्सर परिवार के लोग गले ही मिलते पाए जाते हैं। बेटा जब दूर शहर से आता है, तो माँ यहीं गले लगाती है। भाई-भाई गुस्से में भले हों, बिछड़ते समय फिर यहीं गले लगते हैं। इसलिए अक्सर आँगन घर के हर कमरे से बड़ा ही होता है। अपने भीतर सबको समा लेता है। यहाँ दिल को खोल पाना आसान होता है। यहाँ कोई दीवार नहीं होती, उन कमरों की तरह।"

अविरल की आँखों में धीरे-धीरे नमी भर आई। वह नीचे की ओर देखने लगा, जैसे खुद को किसी से छिपा रहा हो।

होंठ कसकर दबाए, गहरी साँस खींची और खुद को सम्भाला।

पैर अपने आप हिलने लगे, और उसने बाहों को अपने ही भीतर समेट लिया, जैसे टूटने से पहले खुद को थाम लेना चाहता हो।

बब्बा ने फिर पुकारा, “प्रकाश?”

उस आवाज़ में इतनी नर्माहट थी कि सुनते ही अविरल के अँदर का सब कुछ हिल गया।

गला साफ़ करते हुए, हल्की हिचकी के साथ बोला, “जी…बब्बा।”

उस एक शब्द में उसकी झिझक, हड़बड़ी और भीतर की बेचैनी सब झलक रही थी।

वह कोशिश कर रहा था कि आँखें न नम हों, पैर न हिलें, बाहें न कस जाएँ।

पर कुछ भी नहीं रुक पाया। भले ही कोई दबाव नहीं था।

क्या इसी आँगन की बात बब्बा कर रहे थे?

जहाँ कोई दीवार नहीं होती, जहाँ बातें खुलकर होने लगती हैं और भावनाएँ अपने आप बहने लगती हैं।

“कुछ बोलो, भाई…इतना भाषण देना अब मुझे शोभा नहीं देता। लोग ऐसे लोगों को ही ‘पागल बूढ़ा’ बुलाने लगते हैं।” बब्बा की आवाज़ में हँसी की हल्की खनक थी, जैसे कह रहे हों, ‘ठीक है सब।’

अविरल की आँखें नम हो गईं। उसने खुद को रोकने की कोशिश की, मौन बने रहने की कोशिश की, पर आँसू बेधड़क बहते रहे।

* * * * *

रात का सन्नाटा कमरे में छाया हुआ था। सिक्कू धीरे से बब्बा की थाली उठा रहा था।

अविरल बिस्तर के पास खाट पर बैठा, सिक्कू की हर हल्की हरकत पर नजर टिकाए था।

सिक्कू ने बब्बा का सिर अपने हाथों में संभालते हुए उन्हें आराम से बिस्तर पर सुला दिया। फिर चुपचाप, बिना कोई आहट किए, उनके ऊपर चादर ओढ़ा दी। जैसे हर सुबह-शाम की यह छोटी-छोटी आदतें उनके बीच के रिश्ते की भाषा हों।

सिक्कू ने कमरे से बाहर जाते हुए अविरल की ओर देखा और इशारे में पूछा, 'आप कब खाएँगे?'

अविरल ने भी उसी तरह जवाब दिया। सिर हल्का-सा हिलाया, आँखों से कहा, 'थोड़ी देर यहीं बैठूँगा।'

अविरल, बब्बा के सो जाने के थोड़ी देर बाद बाहर आया, आँगन की ओर।

रात की ठंडी हवा उसके चेहरे को छू रही थी।

वह धीरे-धीरे आँगन में कुछ कदम चला और रुक गया।

हाथ अपने आप जेब में चले गए।

साँसें थोड़ी तेज़ हुईं, और वह खुद को रोकते हुए कुछ पल खड़ा रहा।

आँखें भीगी हुई थीं, और कुछ शब्द उसके गले में घुलकर बाहर आने को बेकरार थे।

"हमारे घर में आँगन क्यों नहीं था, पापा? आँगन क्यों नहीं? चारों तरफ सिर्फ़ दीवारें... सिर्फ़ दीवारें..."

अध्याय 11

सब हमेशा से यहीं था

कमरे में कुछ ढूँढा जा रहा था, लेकिन ऐसा नहीं था कि चीज़ें खो गई थीं। वे कहीं न कहीं थीं, बस सामने नहीं थीं।

सिक्कू एक टूटे-से पलंग के नीचे झुककर कुछ निकाल रहा था। बोला, जैसे सोचते-सोचते बोल रहा हो, "यहीँ रखे थे भैया सब हम।"

यह कमरा, चीज़ों से ज़्यादा ठहरे हुए वक़्त से भरा था, जैसे सालों ने यहाँ आकर खुद को रख दिया हो। लकड़ी की अलमारी के दरवाज़े हल्के से टेढ़े थे, हर बार खुलते हुए मानो कोई अधूरी-सी बात दरारों से झाँक रही हो।

सिक्कू ऊपर की शेल्फ़ तक हाथ बढ़ाकर कुछ टटोल रहा था। वहाँ रखे बक्सों में कपड़े नहीं, मौसम बंद थे। बरसात की पहली गंध, सर्दियों की धूप में पसरा हुआ आलस, और गर्मियों की लंबी दोपहरें।

अविरल पलंग के सिरहाने की ओर देख रहा था। उसकी आवाज़ थोड़ी धीमी थी, जैसे ज़ोर से बोलने से चीज़ें और छिप जाएँगी, "ढूँढो यार... मिल जानी चाहिए।"

"अरे भैया पूरा ढेर बनाया था। बिल्लू, चाचा चौधरी, नागराज, सब था उसमें।"

पुराने अख़बारों की तहों में से कुछ और चीज़ें भी निकलीं, जैसे समय ने उन्हें हल्के से दबाकर रखा हो।

सिक्कू के हाथ में कुछ आया। वो थोड़ा मुस्कुराया। पुराना-सा एक वीडियो गेम, आकार में आज के मोबाइल से थोड़ा-सा बड़ा। बटन थोड़े दबे हुए।

"देखिए भैया! वीडियो गेम मिल गया। आप ही लाए थे ये...याद है?"

अविरल ने धीरे से उसे लिया, जैसे देख रहा हो कि अब भी चालू हो सकता है या नहीं।

"यहीं था? मैंने तो सोचा...घर पर ही कहीं खो गया।"

सिक्कू ने और चीज़ें खंगालनी शुरू कर दीं।

पर जब वह पीछे मुड़ा, तो देखा, अविरल के हाथ में कुछ ऐसा था, जिसे लिए वह बस खड़ा था।

एक छोटा सा टीन का डिब्बा। ढक्कन थोड़ा मुड़ा हुआ।

सिक्कू ने देखा और कुछ देर तक कुछ नहीं कहा। फिर, "ये वही डिब्बा है। दादी के बताशे वाला। जब डाँट पड़ती थी... तो इसी में से बताशे देती थीं।"

उसने यह बात ऐसे कही जैसे कुछ गिनती पूरी की हो। वो फिर खोज में लग गया।

अविरल वहीं खड़ा रहा डिब्बा हाथ में लिए। उसकी आँखें कुछ कह रही थीं, जो वो शब्दों में नहीं डाल पाया। उसने ढक्कन नहीं खोला। बस उंगलियाँ उसके किनारे पर घूमती रहीं।

कमरे में अब कुछ ढूँढा नहीं जा रहा था। थोड़ी देर के लिए चीज़ें खुद को दिखा रही थीं, जैसे कह रही हों, हम हमेशा से यहीं थे।

अध्याय 12

तुम तो मेहमान हो

सर्द सुबह खेतों के आँगन में उतर आई थी।

ओस की बूँदें फसल पर ठहरी हुई थीं, जैसे किसी ने चुपके से सजीव मोती बिखेरे हों।

अविरल हल्के कदमों से खेत में टहल रहा था। जेब से मोबाइल निकाला और स्क्रीन पर उंगली फिराई, अकांक्षा। उंगलियों में हलकी हिचक थी, जैसे बात करने की इच्छा से पहले कुछ सोच लेना चाहता हो। फोन मिलाया। पर उधर कोई जवाब नहीं।

पीछे, दूर एक कोना था जहाँ सिक्कू कुर्सियाँ जमा रहा था। लोहे की एक टेढ़ी-मेढ़ी कुर्सी पर चाचाजी पहले ही विराजमान थे, मानो हर सुबह वहीं से दिन को आरंभ करने की आदत रही हो।

सिक्कू ने हँसते हुए इतनी ऊँची आवाज़ लगाई कि आसपास सब चौंक गए, "भैया! पेप्सी पियेंगे?"

अविरल ने पलटकर देखा और सिर हल्के से झटका, "नहीं, तुम पी लो सिक्कू!"

"अरे भैया, वो बांसुरी वाली। दो रुपए में मिलती थी, अब दस की हो गई है," सिक्कू ने जोड़ा, जैसे आज भी बालपन का स्वाद थामे खड़ा हो।

इतने में फोन की स्क्रीन जगमगाई। अकांक्षा।

वह एक पल रुका, गला साफ़ किया, फिर उठाया, "हैलो! अकांक्षा!"

सामने से अकांक्षा की आवाज़ आई, बिल्कुल वैसी जैसी किसी अजनबी से बात करते समय होती है, न उसमें कोई भाव था, न कोई अपनापन, "हाय! सॉरी, नहाने गई थी।"

"आज कुछ लेट हो गई हैं क्या आप?" अविरल ने पूछा। पर बात में उलाहना नहीं, बस हल्का-सा जिज्ञासा से भरा अपनापन था।

"यूज़ुअल टाइम ही है..." अकांक्षा ने कहा।

अविरल ने घड़ी देखी, फिर मुस्कराते हुए बोला, "ओ हाँ! यहाँ तो सब पांच बजे ही उठ जाते हैं। पता ही नहीं चलता कि दिन कब शुरू हो गया।"

"कैसे हैं सब वहाँ?"

"सब ठीक हैं! आप को पूछ रहे थे।"

"कौन-कौन हैं अभी वहाँ?"

"व्हाट्सएप किया था मैंने आपको..."

अकांक्षा ने फौरन फोन की स्क्रीन खंगाली। अविरल की भेजी कुछ तस्वीरें उसे मिल गईं। खेत, घर की दीवार, आँगन में चूल्हा, और कुछ मुस्कुराते चेहरे।

"हाँ, देखी थीं वो तस्वीरें...सुंदर है गाँव।"

"सिक्कू है, सिकंदर। उसकी पत्नी है, सुप्रिया। याद है आपको...?"

"जिसने जूते चोरी नहीं होने दिए थे शादी में?"

"हाँ वही...फिर चाचाजी हैं, चाची हैं, बब्बा हैं। वीरेन्द्र भैया हैं, खेती में मदद करते हैं।"

"हम्म..."

एक हलकी सी खामोशी दोनों के बीच ठहर गई, जैसे शब्द दूर किसी छाया में पल भर के लिए रुक गए हों।

"आपका काम कैसा चल रहा है?" अविरल ने पूछा।

"अच्छा है। ज़मीन की बात हुई?"

"आज खेत पर चौरसिया अंकल को बुलाया है। वो थोड़ी खींच तान कर रहे हैं बेचने में।"

सिक्कू की आवाज़ फिर खेत में गूँज उठी, "भैया! चौरसिया पहुँच रहा है दो मिनट में..."

"अच्छा..." अब अविरल को पता था कि कॉल काटनी पड़ेगी।

"ओके...बाय तो फिर!"

"बाय!"

कॉल कट हो गई।

लेकिन अविरल के भीतर कोई तार अब भी खिंचा हुआ था, इस सवाल से कि अकांक्षा और उसके बीच अपनापन आखिर कब अपनी जगह बनाएगा।

थोड़ा आगे, सिक्कू और सुप्रिया साथ थे। सुप्रिया हँसते हुए गेहूँ की नरम बालियाँ तोड़कर सिक्कू के कानों से सटा रही थी।

* * * * *

खेत के बीच में चार कुर्सियाँ गोल घेरा बनाए रखी थीं। बीच में एक पुरानी, हल्की-सी झुकी प्लास्टिक की मेज़, जिसके कोनों पर वक्त की पकड़ साफ़ दिखती थी। चाय के कप अभी नहीं रखे गए थे, लेकिन चाय की हल्की महक हवा में घुल रही थी। वीरेंद्र ट्रे में चाय के प्याले लिए आ रहा था।

चौरसिया जी की आँखें अजीब ढंग से अविरल पर टिक गई थीं। आँखें कुछ पूछ रही थीं, कुछ टटोल रही थीं। अविरल को हल्की असहजता महसूस हुई। बैठने का तरीका थोड़ा बदला, मगर चौरसिया जी की निगाहें अब भी वहीं अटकी थीं।

"कहाँ रहते हो, बेटा?" चौरसिया जी ने सीधे सवाल किया।

"पुणे, अंकल," अविरल ने संयमित आवाज़ में जवाब दिया।

"बहू भी साथ रहती है, या सूरत में?" चौरसिया जी ने चाय की भाप को फूँक से एक तरफ़ हटाते हुए पूछा।

"साथ ही रहती है, पुणे में।"

"हम्म...तब तो यहाँ आने से रही। उसके लिए तो अब घर सूरत ही हो जाएगा।" चाय की चुस्की के बीच यह बात यूँ कही गई कि जैसे चिंता जता रहे हों, पर होंठों तक पहुँचते ही एक हल्की-सी तंज वाली मुस्कान आ गई, जिसे उन्होंने तुरंत कप से छुपा लिया।

सिक्कू को लगा, हवा थोड़ी भारी हो रही है। उसने चर्चा का रुख बदलने के लिए जल्दी से पूछ लिया, "चच्चा, चाय में चीनी नहीं लिए क्या?"

"एक चम्मच डाल दो," चौरसिया जी ने हल्के गले से कहा।

"अरे, दो लीजिए न!" सिक्कू ने उत्साह में कहा।

चौरसिया जी ने हल्की भौंहें चढ़ाई, "क्यों?"

"अरे...मतलब...ज़ुबान पर तो मिठास कम है चच्चा, चाय में तो ज़्यादा हो।"

चौरसिया जी अब सीधे शर्मा जी की ओर देख रहे थे, जैसे कोई फैसला माँग रहे हों।

"शर्मा साब, अपने बेटे को ज़रा काबू में रखिए।"

शर्मा जी ने हौले से मुस्कुराते हुए कहा, "तुम भी तो ज़ुबान को थोड़ा काबू में रख लो।"

चौरसिया जी को यह जवाब पसंद नहीं आया। कप धीरे से मेज़ पर रख दिया, जैसे अब स्वाद बिगड़ चुका हो। "बेइज्जती करने बुलाया है क्या यहाँ?"

अविरल ने बात को सँभालने की कोशिश की, "नहीं! नहीं अंकल! बस ज़मीन की छोटी-सी बात थी। पापा को उसमें कोई दिलचस्पी नहीं है। बेचनी ही है बस।"

चौरसिया जी के चेहरे का भाव कुछ बदल गया। हल्की हँसी आई, लेकिन उसमें फिर से कुछ कड़वाहट थी।

"अपने ज़मीन में दिलचस्पी तो कब का खो चुके हैं तुम्हारे पापा! शादी तक में गाँव वालों को नेवता देना भी ज़रूरी नहीं समझा। छोड़ो, तुम्हें क्या ही समझाएँ! तुम तो मेहमान हो...मेहमानों से शिकायत नहीं की जाती।"

फिर उन्होंने एक लंबी साँस भरी और अपनी बात को ठोस बनाया, "पापा को बोलो, बेचनी है तो खुद आएँ, हमें बेच दें। हमारे घर के सामने कुछ और बनने नहीं देंगे। हमें तो अब भी अपनी ज़मीन से जुड़े रहने का शौक है।"

सन्नाटा कुछ पलों के लिए बैठकी पर छा गया।

चाय तो अब ठंडी पड़ने लगी थी, पर बातों की गर्माहट अभी भी प्यालों के ऊपर मंडरा रही थी।

अध्याय 13

आँगन और दीवार

आँगन में शाम ऐसे फैल रही थी जैसे दिन अपना काम समेटकर धीरे से बैठने आया हो।

धूप की आख़िरी परत मिट्टी पर टिक गई थी, और हवा में एक सुकून था।

खाट पर अविरल लेटा हुआ था। एक कान पर फोन, बगल में खुला लैपटॉप, जैसे काम अभी पूरी तरह छोड़ा न गया हो।

और सीने पर चाचा चौधरी की वही पुरानी कॉमिक। पन्ने थोड़े मुड़े हुए, कोने हल्के पीले पड़ चुके।

आज वह पढ़ नहीं रहा था। बस उसे अपने सीने से लगाए हुए था, जैसे बचपन को हाथ से फिसलने न दे रहा हो।

"पापा, हमको तो सौदा ठीक ही लग रहा है," उसने पापा को फ़ोन पर कहा, "बस ये चौरसिया अंकल…थोड़े टेढ़े आदमी लगे। हमको लगता है आपको आना ही पड़ेगा। चाचाजी भी इससे परेशान हैं।"

बात करते हुए वह पैर के अंगूठे से खाट की रस्सी को सहलाता रहा।

फोन पर सिर हिलाता रहा, जैसे पापा सामने बैठे हो।

"नहीं पापा," थोड़ा रुककर बोला, "बात तो हुई है उनसे। चाचाजी पीछे नहीं हटे। आप देख लीजिए, आपका आना कब ठीक रहेगा।"

आँगन में हल्की हवा चली तो कॉमिक का एक कोना हिला। अविरल ने उसे और कसकर पकड़ लिया।

अचानक कमरे के भीतर से बब्बा की आवाज़ गूँजी, "सिक्कू?"

अविरल तुरंत फोन काट झट से खड़ा हुआ।

"हाँ, बब्बा!" बिना देर किए वह कमरे की ओर दौड़ पड़ा।

बब्बा ने मुस्कुराते हुए देखा और कहा, "प्रकाश? आँगन में ले चलो, बेटा।"

अविरल ने सिर हिलाया। अब उसे पता था कि बब्बा को कैसे उठाना है।

धीरे-धीरे कंधों पर संतुलन बनाते हुए, उसने बब्बा को पकड़ लिया। कोई झिझक नहीं, कोई डर नहीं। दोनों के बीच सिर्फ़ एक भरोसे की भाषा, जिसे दोनों समझ रहे थे।

आँगन की ओर बढ़ते हुए, हर कदम में हल्की ठंडी हवा उनके बीच बह रही थी।

आँगन में पहुँचकर वे ठीक उसी तरह बैठ गए जैसे पिछली बार बैठे थे।

अविरल चुपचाप देख रहा था, बब्बा अपनी नज़रें आँगन के हर कोने पर दौड़ा रहे थे।

बब्बा ने कहा, "हमको आँगन में बड़ा अच्छा लगता है।"

ठीक उसी भाव में, जिस भाव में उन्होंने पिछली बार आँगन में बैठकर कहा था, या उससे भी पहले।

अविरल ने उनकी ओर देखा और हल्की मुस्कान दी।

वह जान गया था, बब्बा ने यह पहले भी कहा था।

बात दोहराना अब उनकी आदत सी बन गई थी।

पर अब अविरल सोच रहा था, शायद आँगन में बैठते ही उन्हें हर बार सच में ऐसा ही लगता होगा।

हर बार वही सुकून, वही अपनापन, हर बार वही खुशी।

इसलिए अविरल ने भी मुस्कुराते हुए अपना पुराना जवाब ही दोहराया, "हमको भी।"

पर इस बार बब्बा ने अविरल की ओर देखा, आँखों में हल्की जिज्ञासा लिए पूछ दिया, "क्यों?"

अविरल ने पूरे भरोसे से कहा, "यहाँ…दीवारें नहीं होतीं न, बब्बा। कमरों की तरह।"

जैसे वह जानता हो कि बाबा को खुद यह आँगन क्यों पसंद है।

यह वजह उसकी अपनी नहीं थी।

यह वजह तो खुद बब्बा की दी हुई थी, जिसे अपनाते-अपनाते, आँगन अविरल का भी हो गया था।

बब्बा ने पूछा, "कमरे पसंद नहीं तुम्हें, प्रकाश?"

"नहीं, बब्बा," अविरल ने बिना सोचे कहा।

"क्यों?"

अविरल ने जवाब दिया, जैसे यह सवाल उसके लिए नया ही न हो। जैसे वह जानता हो कि अगला जवाब क्या होगा, "क्योंकि कमरे खुद को खुलने नहीं देते। क़ैद कर देते हैं…चारों तरफ़ दीवारें खड़ी कर देते हैं।"

"तो दीवार तोड़ भी तो सकते हैं…"

अविरल एक पल को चुप रह गया।

उसे वे सारी पुरानी बातें याद आ गईं, जहाँ वह दीवार के इस पार ही खड़ा रह गया था। हर बार लगा था, अगर दीवार तोड़ी, तो कहीं किसी को चोट न लग जाए। और इसी डर में, वह खुद ही पीछे हटता चला गया।

"उसमें डर भी तो है, बब्बा," अविरल ने धीरे से कहा, "सामने वाले को चोट लग सकती है।"

बब्बा ने आँगन की ओर ताकती नज़र को धीरे-धीरे समेटा, फिर सिर घुमाकर अविरल की तरफ़ देखा और कहा,

"क्या पता…वह भी उसी कमरे में क़ैद हो। शायद इंतज़ार कर रहा हो कि कहीं से कोई दीवार अपने आप ढह जाए। क्या पता उसे थोड़ी और हिम्मत का इंतज़ार हो।"

अविरल जैसे अपने ही भीतर कहीं ठहर गया।

बोलने को बहुत कुछ था, पर उस पल चुप रहना ही ठीक लगा, जैसे बब्बा की बातें उससे जवाब नहीं, सिर्फ़ समझने के लिए जगह माँग रही हों।

बब्बा ने बात आगे बढ़ाई, आवाज़ में वही ठहराव था, "बहुत पहले घर ऐसे ही बनते थे, प्रकाश। फिर हर घर के बीच एक छोटी-सी दीवार खड़ी होने लगी। धीरे-धीरे सबको लगने लगा कि अपनी एक अलग ज़मीन होनी चाहिए, अपना एक ऐसा मकान, जिसमें कोई दूसरा कदम न रख सके।"

कहते-कहते उन्होंने फिर आँगन की ओर देखा। शाम की रौशनी में फैला वह खुलापन, जैसे उनकी बातों की तस्दीक कर रहा हो। फिर बोले, "वह खुद क़ैद हो गया। अब चाहता है कि कोई आए और उसे इस क़ैद से आज़ादी दिला दे।"

बब्बा ने अविरल की ओर देखा, "कब तक दीवार से बँधे रहोगे? मन में जो है...उसे खोलकर देखो। शायद सारी दीवारें अपने आप गिर जाएँ।"

अविरल ने ज़मीन की ओर देखा।

साँसें रुक-सी गई थीं, दिल हल्का सा कांप रहा था।

शब्द भीतर दबे हुए थे, निकलने के लिए संघर्ष कर रहे थे।

धीरे-धीरे, जैसे खुद ही राह तलाश रहे हों, शब्द एक-एक करके उनके भीतर से बाहर आने लगे।

अविरल ने नज़रें आँगन की ओर उठाई, जैसे उसका खुलापन उसे हौसला दे रहा हो।

फिर, हल्की हिचक के साथ, उसने कहा, "बब्बा...हम आपके पोते हैं...अविरल। प्रकाश नहीं।"

अध्याय 14

पहाड़ और लौटने की चाह

झील किनारे हल्की-हल्की ठंडी हवा बह रही थी। पानी के ठहरे हुए चेहरे पर सूरज की आख़िरी किरणें कांप रही थीं। अविरल मोबाइल की स्क्रीन पर टिकट बुक कर रहा था। उँगलियों की हरकत में कोई जल्दी नहीं थी, लेकिन मन में कहीं जाने की छटपटाहट भी थी।

तभी किसी के क़दमों की आहट हुई। एक आदमी आया, हाथ में सुलगती सिगरेट और दूसरी में एक डायरी।

अविरल ने हल्की खांसी की। इशारा साफ़ था, यहाँ सिगरेट मत पियो।

"सॉरी, आइ डिड नॉट नो, समवन वॉज़ सिटिंग! मेरा मतलब कि सॉरी, मुझे पता नहीं चला कि कोई बैठा है," उसने सिगरेट की राख ज़मीन पर झाड़ते हुए कहा, जैसे बातों का बोझ भी मिट्टी को सौंप रहा हो।

अविरल ने थोड़ी चिढ़ के साथ जवाब दिया, "इंग्लिश आती है मुझे!"

वो आदमी मुस्कराया।

"शहर में रहते हो? कभी-कभी आते हो यहाँ?" उसने झील की सीढ़ी पर अविरल से थोड़ी दूरी बनाकर बैठते हुए पूछा।

चेहरे पर पहले से ही हल्की-सी मुस्कान थी, मानो जवाब उसे मालूम हो।

अविरल का जवाब भी सवाल बनकर लौटा, "कैसे पता?"

अब वो आदमी पूरी तरह उसकी ओर मुड़ गया। सिगरेट ज़मीन पर गिरा दी, जैसे किसी बेकार बात को वहीं छोड़ दिया हो।

"बड़ी जल्दी, छोटी-सी बात पर चिढ़ कर जवाब दिया तुमने! ये मिज़ाज तो शहर वालों का होता है। यहाँ रहकर लोग मुस्कुराना सीख लेते हैं, कहते वही हैं, बस हँसते हुए।"

अविरल ने नज़र फेर ली। सामने अब सिर्फ़ झील। पानी ठहरा हुआ, लेकिन झील में हल्की लहरें उठ रही थीं, मन में उठती हल्की लहरों की तरह, सवाल और उलझनें आपस में टकरा रही थीं।

वो आदमी फिर से बोला, "गलती तुम्हारी नहीं है। शहर में, दिल में प्यार से ज़्यादा पॉल्यूशन भर जाता है। अब काला धुआँ मिज़ाज और ज़ुबान से निकलता है।"

अविरल ने हल्का-सा सिर उठाया, आँखों में हल्की सी जिज्ञासा थी, "तुम भी शहर के ही लगते हो? गाँव कम ही आना-जाना होता है तुम्हारा? इतनी छोटी-सी बात को इतना खींच दिया!"

वो आदमी ज़ोर से हँस पड़ा। जैसे किसी ने पुराने बंद दरवाज़े को एक झटके में खोल दिया हो।

वह अविरल के थोड़ा पास आकर बोला, "मैं, प्रकाश।"

उसने हाथ बढ़ाया। अविरल ने थोड़ी झिझक के बाद हाथ मिला लिया, "मिश्रा दादाजी के पोते?"

प्रकाश ने मुस्कुराकर सिर हिलाया। फिर जेब से मोबाइल निकाला और आसपास के नज़ारे शूट करने लगा।

"व्लॉगर हो?" अविरल ने यूँ ही पूछ लिया।

प्रकाश हँस पड़ा, "अरे नहीं यार! नहीं होता मुझसे वो सब।"

अविरल हल्का-सा मुस्कुराया, "तुम्हें क्या लगता है कि हर व्लॉगर की ज़िंदगी बहुत दिलचस्प होती है?"

"उनका तो नहीं पता, पर जो देखते हैं, शायद उनकी नहीं होतीं," यह कहते हुए प्रकाश और भी ज़ोर से हँस पड़ा।

"हँसने की बात नहीं है," अविरल ने थोड़ी गंभीरता से कहा, "हम सब पता नहीं कब इतने अकेले हो गए कि ज़िंदगी के हर पल में लोगों की ज़रूरत पड़ने लगी। दूसरों की ज़िंदगी देखने की और अपनी दिखाने की ज़रूरत पड़ने लगी।"

प्रकाश की नज़र में एक अनकही उदासी आई, लेकिन उसे शब्दों में नहीं आने दिया। बस मुस्कराते हुए बोला, "लोगों को देखने की आदत इसलिए लग गई है, क्योंकि खुद को देखना सबसे मुश्किल हो गया है। हम ज़िंदगी साझा नहीं करते, बस साबित करते रहते हैं कि जी रहे हैं। भीड़ में रहकर अकेले पड़ जाना शायद इसी को कहते हैं।"

अविरल कुछ पल झील के चारों ओर खड़े पेड़ों से गिरती पत्तियों की सरसराहट को सुनता रहा। उन पेड़ों पर बैठी चिड़िया भी जैसे उसी लय में सुर जोड़ रही थी। मगर यह शांति उसे सुकून नहीं, शायद बोरियत

लगी, तभी उसने अपने अगले सवाल से उस सन्नाटे को चीर दिया, पूछ बैठा, "कितनी बार आते हो यहाँ?"

प्रकाश ने झील की ओर देखा, जैसे कोई पुराना जवाब वहीं कहीं रखा हो। फिर धीरे से कहा, "मन हुआ तो चल दिया।"

कुछ पल के लिए ख़ामोशी रही। फिर उसी लय में दोहराया,

"मन हुआ तो चल दिया।
ख़्वाहिश तो ऐसी रहती है।
दिल तो रहता है यहीं पर।
पर मजबूरी भी किसी शहर में साथ ही हमारे बसती है।"

प्रकाश पहली बार चेहरे पर गंभीरता लाते हुए बोला, "सोचता हूँ जब लोग गाँव छोड़ कर आए थे तो क्या सोचा होगा? गाँव छोड़ चुके हैं, और एक शहर है, जिसे हर वीकेंड छोड़-छोड़ कर भागने को तैयार हैं हम। कहाँ को है जाना? अब किसे अपना घर बुलाना?"

अविरल ने झील को देखा। पानी अब ठहरा था, पर उसकी आँखों में हल्की-सी लहर आ गई थी।

आँखों में छुपा सच कहीं छलक न जाए, इसलिए अविरल ने आवाज़ को थामते हुए, सीधे उत्तर की उम्मीद इस बार ज़रा तंज भरी आवाज़ में पूछा, "तो कितनी बार आते हो यहाँ?"

प्रकाश ज़ोर से हँसा, जैसे कोई हल्की-फुल्की बात हो और उसका वज़न महसूस ही न किया हो।

“एकदम नीरस आदमी हो यार! झूठी वाह-वाह ही कर देते। आ जाते हैं जब छुट्टी मनाने का मन करता है...आ जाते हैं। घर आज सबका एक होटल बन चुका है और हम वहाँ के मेहमान! उसी मेहमान की तरह कभी-कभी अपने ही घर आ जाते हैं।”

उसने जेब से फोन निकाला और इंस्टाग्राम पर घर का एक विज्ञापन दिखाया। स्क्रीन पर चमकते हुए अक्षरों में लिखा था, ‘रिसॉर्ट लाइफ का अनुभव, हमेशा के लिए।’

“हमारा लिखा हुआ ही है!” प्रकाश ने शान से कहा, “राइटर हैं हम! विज्ञापन बनाते हैं। लोगों को घर में होटल और रिसॉर्ट बनाने की झूठी दुनिया हम ही दिखाते हैं।”

अविरल चुप रहा। प्रकाश ने फोन वापस जेब में रख लिया।

“एक समय था, यह पापा का घर हुआ करता था,” कुछ पलों तक चुप रहने के बाद अविरल बोला, आवाज़ संभली हुई, मगर भीतर से भारी, “फिर हमारे लिए गर्मी की छुट्टियाँ बिताने का पता बन गया। साल में एक बार जीने वाला सपना।” उसने गहरी सांस ली, “आज गाँव अपने मतलब से आए हैं हम। सुकून ढूँढने। पिछले साल मनाली गए थे। अकेले। डाले थे फोटो इंस्टाग्राम पर, लोगों को लगा हम बहुत साहसी और सुलझे हुए हैं। सच यह था कि हम अकेले थे, इसलिए इंस्टाग्राम का सहारा ले रहे थे। सोचा था सवालों के जवाब पहाड़ों में मिल जाएंगे। पर उन्होंने तो मुझे और उलझा दिया। बचपन में एक सपना था, पहाड़ों में एक घर होगा। पर जब अकेले गए तब जाना, पहाड़ों के रास्ते सीधे नहीं होते। वे चढ़ते हैं, मुड़ते हैं, थकाते हैं, और बार-बार ऐसा लगता है

कि मंज़िल बस पास ही है। पर हर मोड़ के बाद एहसास होता है कि यह रास्ता आगे नहीं, कहीं पीछे ले जा रहा है। जैसे पहाड़ खुद याद दिला रहे हों कि जितना भी भटक लो, हर राह का आख़िरी मतलब एक ही होता है, घर लौटना है, अपनों के पास। यह सफ़र बस इसलिए है, ताकि लौटने की चाह और गहरी हो सके।"

अब प्रकाश सुन नहीं रहा था, वह महसूस कर रहा था। ऐसा शायद दो ही मौकों पर होता है, या तो जब कोई आपके भीतर दबे, गुमसुम पड़े ख्यालों को आपके लिए शब्द दे देता है या फिर तब, जब कोई बिल्कुल अलग दिशा में बोलकर आपके सोच की ज़मीन हिला देता है।

अविरल की नज़रें प्रकाश पर नहीं थीं। उसे फर्क ही नहीं पड़ रहा था कि सामने कोई उसकी बात सुन भी रहा है या नहीं, "बचपन सूरत में बीता। सिर्फ़ मम्मी, पापा और मैं। परिवार के लिए शायद यही काफी होता है। पर घर के लिए? यह सवाल हमेशा रहा। आज पुणे में पत्नी के साथ रहता हूँ। सब कुछ नया है। छत है, दीवारें हैं, पर अपनापन? पुणे, यह आज है। क्या मेरा कल भी यहीं होगा? अभी ऐसा कोई ख़याल नहीं है। शायद दीवारें खुद इंतज़ार कर रही हैं कि जब हम मिलकर इन्हें सजाएँगे, तभी यह जगह घर कहलाएगी। इसलिए जब कोई पूछता है, 'घर कहाँ है?' तो जवाब तलाशने लगता हूँ। पापा के घर अब रहता नहीं हूँ। गाँव साल में छुट्टी के दौरान आता था। कुछ सालों से वह भी नहीं। और पुणे को घर और परिवार, दोनों बनने में अभी समय लगेगा..."

यूँ तो अब तक प्रकाश अविरल की हर बात का जवाब हँसी या कम से कम मुस्कान से देता आया था, पर अब उसके पास न शब्द थे, न मुस्कुराने की वजह।

अविरल कुछ देर वहीं बैठा रहा। उसने पेड़ों और पत्तियों को एक बार फिर ध्यान से देखा। एक टहनी पर चिड़िया कहीं-कहीं से तिनके चुनकर ला रही थी और उन्हें बड़े सलीके से जोड़ रही थी। घोंसला अभी पूरा नहीं था, पर हर तिनका जैसे इस भरोसे से रखा जा रहा था कि थोड़ी-थोड़ी कोशिश से भी जगह बन सकती है।

हर तिनका कहीं से लाया गया था। तिनके इकट्ठा होते रहे, घोंसला बनता रहा। सब कुछ धीरे-धीरे उसके मन के मुताबिक़ बैठता गया।

अविरल उठा। जाते-जाते एक नज़र फिर से झील की ओर डाली, जैसे कुछ देर और ठहरने की गुंजाइश तलाश रहा हो।

प्रकाश ने पूछा, “तो फिर…अब वापिस?”

“आख़िरकार, घर तो लौटना ही पड़ता है।”

अध्याय 15

अरेंज्ड मैरिज और प्यार

रात्रि का समय था, घर की दीवारें भी जैसे थककर बैठ गई हों। रसोई से आती हल्की सोंधी गंध अभी भी हवा में तैर रही थी। भोजन कक्ष की मेज़ पर दो थालियाँ रखी थीं।

एक से थोड़ा-सा खाना कम हुआ था, जैसे भूख और मन एक साथ नहीं थे। दूसरी ऐसी ही रखी थी, मानो खाना ख़ुद इंतज़ार कर रहा हो कि मन ज़रा खुल जाए, तो वह ज़्यादा स्वादिष्ट लग सके।

बीच में चुप्पी थी। वो चुप्पी, जिसमें डर रहता था कि ज्यादा देर टिक गई तो टूटते ही बहुत शोर मचाएगी।

अविरल और अकांक्षा आमने-सामने बैठे थे। थाली में चम्मच की हल्की-सी टकराहट तक सुनाई दे रही थी।

अकांक्षा ने बिना ऊपर देखे पूछा, आवाज़ में एक सामान्य जिज्ञासा और हल्की थकावट घुली हुई थी, "गाँव पर सब कैसा रहा?"

अविरल ने सिर हिलाते हुए धीरे से कहा, "अच्छा…"

"बस?" उसने चम्मच से चावल समेटते हुए कहा, जैसे जवाब को और विस्तार की उम्मीद हो।

अविरल ने गहरी साँस ली। "बताया तो था फ़ोन पर," कहकर वो फिर से खाने में झुक गया।

चुप्पी लौटकर फिर दोनों के बीच बैठ गई। रोटी हाथों में थी, पर अकांक्षा की आँखें अपने ही विचारों में खोई हुई थीं।

अविरल ने अचानक खाना रोक दिया। उसने चम्मच नीचे रखा, अकांक्षा की ओर देखा। कुछ कहना चाहा, लेकिन जैसे शब्द गले में फँस गए हों। फिर उसने दोबारा चम्मच उठाया, पर इस बार थाली की ओर नहीं ले गया। निगाहें अब भी अकांक्षा पर टिकी थीं। धीरे से उसने पूछा, "तुम खुश नहीं हो…मेरे साथ?"

अकांक्षा ने भौंचकता से उसकी ओर देखा, "क्या?"

"ऐसा…मुझे लगा," अविरल ने निगाहें चुराते हुए कहा, जैसे डर हो कि जवाब सुनने की हिम्मत कहीं कम न पड़ जाए।

"ऐसा क्यों लगा?" अब अकांक्षा की आवाज़ थोड़ी नरम थी, थोड़ी समझने वाली।

"देखो…मुझे पता है कि ये अरेंज्ड मैरिज है। और ऐसा नहीं होता कि अचानक कोई प्यार हो जाए। मेरे लिए भी आसान नहीं था। लेकिन… क्या तुम मुझसे प्यार कर भी पाओगी कभी? या कम से कम, यहाँ…इस घर में…खुश हो?"

अकांक्षा ने कुछ पल अविरल को देखा, जैसे उसकी आँखों में कुछ पढ़ने की कोशिश कर रही हो।

"थैंक यू," उसने कहा, धीमे और भावुक स्वर में। "बड़े दिनों बाद किसी ने बिना कहे, दिल की बात पूछी है," फिर उसने गहरी साँस ली।

"अविरल...यहाँ नहीं, कहीं भी नहीं। मैं कहीं भी खुश नहीं रह सकती... किसी के साथ। आदत नहीं है।"

कुछ क्षणों तक कमरे में घड़ी की टिक-टिक के अलावा कुछ नहीं था।

"बचपन में, मैं भी सपने देखती थी," वो बोलती रही, "एक साथी होगा, उससे प्यार होगा। वो मुझसे करेगा, मैं उससे। समस्याएँ होंगी, पर प्यार बना रहेगा। एक घर होगा जहाँ हर क़दम पर यादों के कई छोटे-छोटे मकान बनते जाएँगे। ख़ुद में किसी और के लिए, ख़ुद से ज़्यादा उसके लिए जगह बनते जाएँगे। पर पता ही नहीं चला कि कब ख़ुद को इतना क़ैद कर लिया कि दूसरों को हमेशा के लिए ख़ुद से आज़ाद कर दिया। दरवाज़े नहीं खोलने हैं अब किसी के लिए, ना भरोसे के, ना प्यार के दरवाज़े। अकेलापन अच्छा लगने लगा है...शायद ज़रूरत भी बन गई है। हम सबको आगे इसी तरह रहना है, अकेले।"

उसकी आवाज़ अभी तेज़ नहीं थी, पर तेज़ हो रही थी। जैसे किसी नदी में बहाव धीरे-धीरे बढ़ रहा हो। वो बोल रही थी, मगर लग रहा था जैसे अपने भीतर के कमरे से बोल रही हो, जहाँ शायद बरसों से कोई दाख़िल नहीं हुआ था।

अविरल सुन रहा था, जैसे पहली बार उसकी आवाज़ को ही नहीं, उस आवाज़ के पीछे छिपे वर्षों के सन्नाटे को सुन रहा हो।

दीवारों पर टिक-टिक चलती घड़ी जैसे अब बोलना भूल चुकी थी। रसोई में रखी केतली की सीटी भी आज जैसे थकी हुई लग रही थी।

पर आकांक्षा जब बोली, तो अविरल को लगा कि, कमरे की हवा ने पहली बार खुलकर सांस ली है। उसकी आवाज़ में एक अजीब सा सुकून था, जैसे बरसों से बंद कोई संदूक धीरे से खुल गया हो।

आकांक्षा ने अपनी हथेलियों को एक-दूसरे में जकड़ लिया था, मानो कुछ पकड़ना चाहती हो, शायद खुद को।

"सोचा था कि अपनी खुशियों को किसी के हवाले नहीं करूँगी। अपने आप को बस अपने तक रखूँगी। पर फिर, कौन किसी को चैन से रहने देता है? अपने ही माँ-बाप तक नहीं।"

वो बोल रही थी और शब्द जैसे खुद को रोक न पा रहे हों, खुलकर हर तरफ फैल रहे हों। ऐसा तो बस आँगन में ही होता है। अविरल अब मुस्कुरा रहा था। ताज्जुब था कि शब्द जितने भारी थे, अविरल का मन उतना ही हल्का होता जा रहा था।

"अरेंज मैरिज के नाम पर सब कुछ ऐसे हुआ जैसे किसी और ने मेरे लिए फैसला कर लिया हो। और मैंने भी कर लिया...माफ़ करना," उसने बहुत सादगी से कहा, मगर उसमें ईमानदारी थी।

"मुझे नहीं करना चाहिए था...किसी से भी। क्योंकि मैं तैयार नहीं थी। लगा था कि साथ रहना शुरू कर दूँगी तो सब ठीक हो जाएगा। पर नहीं हुआ। साथ रहकर भी मैं अकेलेपन का इंतज़ार करती हूँ।"

वह अब भी नहीं रोई थी, न ही आवाज़ काँपी थी। पर उसके शब्दों में एक हल्की सी थकान थी, जैसे लंबा रास्ता तय कर कोई थम गया हो।

"एक घर में रहकर भी, मैं अब भी दरवाज़ा बंद करने की जगह ढूँढती हूँ।"

उसने देखा, सामने बैठे अविरल ने नज़रें झुका ली थीं। जैसे कुछ कहना चाहा हो, पर शब्दों की भीड़ में कोई भी आगे नहीं बढ़ा। जैसे वह अपनी ही चुप्पी के लिए शर्मिंदा हो। वह माफ़ी माँगना चाहता था कि घर की छत को हम दोनों के लिए एक जैसा करने में उसे बहुत समय लग गया। उसे लगा कि वह घर तो था, पर दोनों का घर होने में वह थोड़ा पीछे छूट गया था।

"सॉरी, अविरल। मैं…सच में माफ़ी चाहती हूँ।"

कमरे में अब कुछ नहीं था, सिर्फ़ दो लोग थे। दूर-दूर बैठे हुए। उनके बीच, एक लंबी चुप्पी फैली थी, जो कहीं कुछ ज़्यादा कह रही थी। जैसे समय खुद भी उस क्षण को समझने बैठ गया हो।

अध्याय 16

क्या आसान और क्या कठिन?

अविरल पलंग पर लेटा करवटें बदल रहा था। तकिये की सिलवटों में बेचैनी थी।

कमरे में हल्की रोशनी थी, बस उतनी कि हर चीज़ अपनी जगह दिखे, पर साफ़ न लगे।

अविरल दादी का वो बताशे वाला डिब्बा उठा लाया था।

उसने डिब्बे को मेज़ पर ऐसे सजाया था जैसे बचपन में मेले में जीते इनाम को बच्चे संभाल कर रखते हैं।

पर वो डिब्बा दादी की अलमारी से नहीं, अविरल अपने बचपन की भूख से निकाल लाया था।

कमरे में हमेशा की तरह एक अजीब-सी खामोशी थी, जो इतनी हल्की भी नहीं थी कि न सुनी जाए।

बालकनी से आकांक्षा की आवाज़ आई, "क्या करूँ यार? पता नहीं सब कैसे मुँह से निकल गया, अब कुछ ठीक नहीं होगा।"

कमरे से जो बालकनी सटी हुई थी, वह वहीं खड़ी थी। वह अवनी से बातें कर रही थी और उसकी आवाज़ कमरे के भीतर तक इस तरह आ रही थी जैसे घर का एक हिस्सा दूसरे से कुछ कह रहा हो।

अविरल को ताज्जुब था कि जो बातें उसके मन को हल्का कर रही थीं, वे आकांक्षा के लिए इतनी भारी कैसे हो गईं?

वह सोच रहा था कि सच बोलने से तो सब सँवर जाता है। क्या हमें कुछ बोझ ढोने की ऐसी आदत हो गई है कि झूठ कंधों पर टिक जाता है और सच, जो हल्का होता है, हमें असहज कर देता है।

"शायद अब अलग हो जाना ही ठीक है। इस तरह रहना किसी के लिए भी सही नहीं।"

'अलग हो जाना।' अविरल सोच रहा था, यह आसान है या कठिन?

अगर यह आसान है तो ज़िंदगी भर यह बोझ रहेगा कि हम कठिन रास्ते से भाग आए। और अगर यह कठिन है तो यह टीस बनी रहेगी कि एक आसान रास्ता सामने था जिसे हमने चुना नहीं।

आख़िर तय कौन करता है कि क्या आसान है और क्या कठिन?

एक रिश्ते में दो लोगों में से यह कौन तय करता है कि अलग होना ही ठीक है? शायद वही, जो खुद से अलग होता चला जाता है।

"उसके भले के लिए ही कह रही हूँ। वह अच्छा इंसान है, बस मेरे लिए सही नहीं।" ऐसा वाक्य जिसमें अफ़सोस नहीं, बल्कि एक अजीब-सी स्पष्टता थी, "और मेरी प्रॉब्लम्स उसकी प्रॉब्लम्स नहीं बननी चाहिए।"

कमरे में अकेला बैठा अविरल, सामने रखे आइने में खुद से नजरें नहीं मिला पा रहा था। वह सोच रहा था, एक अच्छा इंसान किसी के लिए

ठीक कैसे नहीं हो सकता? इसका जवाब न उसके पास था, न आइने में दिख रहे अविरल के पास।

क्या दोनों एक जैसे थे? या कोई और था जो आकांक्षा के लिए ज़्यादा सही था?

आइने में उसकी नजर मेज़ पर रखे दादी के डिब्बे पर गई।

आख़िर वह उसे क्यों उठा लाया था? आज उस डिब्बे में न बताशे थे, न वो दादी अब रही थी।

जब दादी सिक्कू को बताशे देती थी, वह दादी अलग थी। वह जो चोट पर मरहम लगाती, डर को मिटाती। लेकिन जब वही दादी अविरल को बताशे देती, तो उनके मन में हमेशा पछतावा और खेद रहता कि वह सभी बच्चों को एक तरह से बताशे नहीं दे सकती।

दादी वही थी, पर अविरल को वह दादी चाहिए थी जो चोट पर मरहम लगा सके, सिक्कू वाली दादी।

शायद इसलिए उसने डिब्बा अपने पास रखा था कि अब सही दादी उसके साथ थीं। जैसी उसको चाहिए थी।

वह नजरें उठाकर खुद को शीशे में देखता रहा। वह अच्छा इंसान है... क्या वह सही भी बन पाएगा? दोनों का फर्क क्या है? क्या वह जान पाएगा?

अध्याय 17

आसान क्या, और सही क्या?

अविरल आज बिस्तर से कुछ देर से उठा।

मन में अँधेरा इस क़दर था कि आँखें कब की उजाले से जाग चुकी थीं, पर भीतर अब भी रात थी।

अकांक्षा लिविंग रूम के सोफ़े पर ही सो गई थी।

उसे इस तरह सोते देख अविरल एक पल को रुका।

क्या यहाँ उसे बेहतर नींद आई होगी?

वह नींद, जो शायद उसके पास रहते हुए इतने दिनों से नहीं आई थी।

थोड़ी देर बाद अकांक्षा की नींद चाय की महक से खुली।

“सॉरी, मैं तुम्हें जगाना नहीं चाहता था,” अविरल ने धीरे से कहा, “अपने लिए चाय बनाई तो लगा, तुम्हारे लिए भी बना दूँ।”

शादी शायद इसी का नाम है, जहाँ साथ चलना किसी बड़े वादे से नहीं, छोटी-छोटी आदतों से सीखा जाता है।

इतना तो अविरल कर ही पा रहा था।

पर अविरल के मन में एक सवाल टिक गया था।

यह अच्छा तो है, पर क्या अकांक्षा के लिए सही भी है?

अकांक्षा ने चाय की चुस्की ली।

थोड़ी देर कमरे में सिर्फ़ कप के खाली होने की और बिस्कुट के टूटने की आवाज़ थी।

कमरे में ख़ामोशी अगर चुभे, तो मतलब मन अब भी लड़ रहा है। पर जो ख़ामोशी सहज हो जाए, वही बताती है कि अब पास आने के लिए शब्दों की ज़रूरत नहीं रही। इस ख़ामोशी को अपनाने के लिए, शायद दोनों को अभी समय लगना था।

"कल के लिए माफ़ करना," अकांक्षा ने चाय का कप रखते हुए कहा। कप में चाय अब भी वैसे ही तैर रही थी, जैसे बस चुस्की भर ही ली गई हो।

अविरल ने 'माफ़ करना' सुना। सही तो लगा, पर आगे और सुनना वह अब नहीं चाहता था।

अलग हो जाना आसान होगा या कठिन, इस सवाल का जवाब वह अभी अपने भीतर खोज रहा था।

अविरल के मन में एक डर था कि 'माफ़ किया' सुनते ही अकांक्षा अगली बात अलग होने की ही कहेगी।

ये सारे जवाब अविरल अकेले नहीं ढूँढ पा रहा था।

कुछ सवाल ऐसे होते हैं जो खुद से नहीं, सामने वाले की आँखों में देखकर पूछे जाते हैं।

वह उन्हें अकांक्षा के सामने रखना चाहता था, पर डरता था, कहीं ऐसा न लगे जैसे बिना दस्तक दिए किसी के घर में आ घुसा हो।

उसे पता था क्या कहना है, क्यों कहना है। पर कैसे कहना है? क्योंकि बात कहना जितना ज़रूरी होता है, उतना ही ज़रूरी होता है उसे सही ढंग से रखना।

उसे बब्बा की कही बात याद आई कि बीच की दीवारें तोड़ी जा सकती हैं। ईंट को ईंट से अलग करते हुए, धीरे- धीरे संभलकर, ताकि दूसरी तरफ़ खड़ा इंसान डर न जाए।

"मैं रोज़ चाय बना सकता हूँ। आपको और क्या लगता है, मैं क्या कर सकता हूँ? मुझसे कोई उम्मीद?" उसने एक कोशिश की।

अकांक्षा अविरल से नज़र चुराते हुए बोली, "नहीं। कुछ नहीं।"

रिश्ते में किसी से कोई उम्मीद न होना, यह सही है या गलत? क्या इसका मतलब यह है कि वह व्यक्ति किसी उम्मीद के लायक़ नहीं, या सामने वाला इतना संभला हुआ है कि उसे उम्मीदों की ज़रूरत ही नहीं?

अविरल फिर इस सवाल में उलझ गया था कि इन दोनों में से अकांक्षा के मन में क्या चल रहा होगा।

उम्मीदें शायद घर की खिड़कियों जैसी होती हैं। बहुत खुली हों तो आँधी आती है और अगर बिल्कुल बंद कर दी जाएँ तो दम घुटने लगता है। इसलिए ज़रूरी है कि कभी उन्हें खोल दिया जाए और कभी संभालकर बंद रखा जाए।

अविरल ने अपनी चाय की कप भी रख दी।

चाय थोड़ी बची हुई थी, पर जब मन खट्टा हो तो कुछ मीठा कैसे लगे। सवालों में उलझा अविरल अब जवाबों के लिए इंतज़ार नहीं करना चाहता था।

अकांक्षा उठकर जाने लगी। उस पल अविरल से रुका नहीं गया। उसने जैसे-तैसे हिम्मत जुटाई और कहा, "मुझे आप से कुछ बात करनी है।"

अकांक्षा के बैठने के कुछ देर तक अविरल चुप था।

कौन सी ईंट पहले खिसकानी है और दीवार को गिराने की शुरुआत करनी है, उसे समझ नहीं आ रहा था।

वह हल्का सा सीधा हुआ, जैसे लंबे समय तक दबे हुए मन की बात अब बाहर निकालना चाहता हो।

"बचपन में, जब पापा मुझे डाँटते थे, मारते थे तब मैं छुप जाया करता था। कभी छत पर, कभी बिस्तर के नीचे... रोने के लिए कोई जगह ढूँढता था," अभी तो बस दिल की बात खोलना शुरू ही किया था, और गला पहले ही भर आया था।

ये दिल की बातें करना इतना भारी क्यों लगता है? जैसे गहरे कुएँ में पत्थर गिरा हो। हर शब्द की गूँज भीतर तक उतरती है और सतह को हिला देती है।

अविरल किसी तरह अपने आँसू अंदर ही थाम रहा था। उसके मन में डर था, अकांक्षा क्या सोचेगी कि पति होते हुए वह रो रहा है।

पर अब तक अकांक्षा ने ये भी नहीं कहा था, 'रोना मत, लड़के रोते नहीं!'

हाँ पर हाथ भी नहीं थामा, ना चुप कराया।

सूरत वाले घर में तो अब तक पापा ये सब कह चुके होते- 'लड़के रोते नहीं।'

"मैं भी..." अकांक्षा ने कहा, जैसे अपने भीतर की कोई टूटी हुई आवाज़ उसने अविरल के पास रख दी हो।

"तुम्हें देखकर कभी लगा ही नहीं कि तुम्हारे हिस्से ऐसा भी कुछ आया होगा।

फिर तुम्हें मार क्यों पड़ी और तुम्हें क्यों छुपने की ज़रूरत पड़ी?"

"मैं आँसू छुपाने में माहिर हूँ।"

यह बात अविरल को भीतर से चुभ रही थी।

उसे लग रहा था कि वे दोनों अब भी उसी बचपन के बंद कमरे में क़ैद हैं, जहाँ आँसू चार दीवारों के पीछे छुपाए जाते थे।

अविरल ने तय कर लिया था, इस बार वह दीवारें नहीं बढ़ने देगा।

उन्हें गिराकर यहीं, इसी लिविंग रूम के बीच एक आँगन बनाएगा, जहाँ आँसू भी बैठकर बात कर सकें।

अविरल ने एक बार फिर हिम्मत जुटाई, जैसे दीवार की दूसरी ईंट भी धीरे से सरकाने की कोशिश कर रहा हो।

गला भरा हुआ था, फिर भी मन हल्का करने की एक और कोशिश उसने की।

"जब मैं छुप जाया करता था तो दादी और चाची को याद करता था। गाँव में सिक्कू, जीतू सब उनके पास रहते थे। वे रोते तो दादी उन्हें अपने पास बैठा लेती थीं। तब किसी की हिम्मत नहीं होती थी उन्हें डाँटने की। चाची अगर कभी सिक्कू को डाँट भी देतीं तो बड़ी मम्मी उसे समझाकर अपने पास सुला लेती थीं। ये लोग मेरे पास नहीं थे। पापा डाँटते तब मम्मी भी डर के मारे मुझे नहीं मनाती थीं। शायद ज़रूरी होता होगा ताकि बच्चा बिगड़े नहीं। पर उन पलों में मैं बिल्कुल अकेला रह जाता था। तब मैं खुद ही कभी दादी बन जाता, कभी चाची और खुद को ही चुप कराता।"

अविरल के शब्द उसके गले में ऐसे अटक गए थे कि वह अकांक्षा की आँखों में सीधे देख नहीं पा रहा था।

उसकी आँखें भर आईं, जैसे भीतर बरसों से रुका हुआ पानी अब किनारे तोड़ने लगा हो।

"मैं अक्सर सोचा करता था..." अविरल की आवाज़ और धीमी हो गई, "दादी सिक्कू को कैसे चुप कराती होंगी? क्या वो उसे अपने पास बिठा लेती होंगी? क्या उनका हाथ, उसके सिर पर धीरे-धीरे फिरता होगा... बिना कुछ कहे?" यह कहते हुए अविरल ने अपने काँपते हाथ अपने ही सिर पर रखे।

उँगलियाँ थरथरा रही थीं, जैसे उन उँगलियों में दादी की याद उतर आई हो या शायद मन के बाँध टूटने लगे थे।

"क्या उस हाथ की गर्माहट से सिक्कू के मार की जलन, धीरे-धीरे कम हो जाती होगी? क्या उसका मन थोड़ा हल्का हो जाता होगा? क्या वो

आँखें बंद कर जल्दी सो जाता होगा? और फिर...मैं भी वही करता था। खुद ही दादी बन जाता, खुद ही चाची। अपने ही सिर पर हाथ रखता, खुद को चुप कराता।"

वो हाथ जो सिर पर रखा था, असल में किसी को थामना चाहता था।

खुद को। उस डर को। उस अकेलेपन को जो तब भी था और शायद अब भी है।

"और यही सब करते-करते मैं खुद ही सो जाता था। कभी अपने बंद कमरे के किसी कोने में, कभी छत पर, तो कभी बिस्तर के नीचे।"

अविरल की हिम्मत नहीं हुई, खुद को अकांक्षा की नज़रों में देखने की।

उसकी खामोशी उसे उलझा रही थी। क्या वो ग़ुस्से में है या चुपचाप रो रही है?

कुछ खामोशियाँ आवाज़ से ज़्यादा डराती हैं।

"जैसे दादी बनकर मैंने खुद को चुप कराया है, चाची बनकर खुद को लोरी गाकर सुलाया है, और अपनी ही माँ बनकर खुद को हिम्मत दी है, क्या आज आपकी दोस्त अवनी बनकर मैं यह जान सकता हूँ कि अविरल आपकी नज़रों में कौन है...और क्या है?"

यह कहते हुए वो आख़िरकार अकांक्षा की नज़रों में देख पाया। उसे नहीं पता था कि वो उसके लिए सही है या नहीं, पर इस पल में वो जानता था, वो ग़लत नहीं है।

आकांक्षा हैरान थी।

उसके सामने आज तक कोई ऐसा आदमी नहीं आया था जो यह जानना चाहता था कि वह उसकी नज़रों में क्या है।

पर सवाल यह था कि वह कितना सच बता पाएगी।

लोग कहते हैं, दोस्ती में बातें छुपती नहीं हैं।

अवनी तो बिना कुछ कहे ही आकांक्षा की कई बातें समझ जाती थी।

क्या अविरल उसकी अनकही बातें समझ पाएगा?

आकांक्षा जितने भी आदमियों से अब तक मिली थी, चाहे वे उसके पापा हों, भाई हों या दोस्त,

किसी ने भी उससे यह जानने की कोशिश नहीं की थी।

शायद इसी वजह से अविरल से भी वह कई बातें शादी के चार महीने बाद तक, कह नहीं पाई। जैसे यह कि उसकी बनाई चाय आकांक्षा को बिल्कुल पसंद नहीं। या यह कि अविरल को सोते समय कमरे में पूरा अंधेरा चाहिए लेकिन उसी अंधेरे से डरकर आकांक्षा को नींद नहीं आती। सिर्फ इसी वजह से वह चार महीनों से ठीक से सो नहीं पाई।

कुछ पुराने अनुभव मन में चुपचाप घर कर जाते हैं। वे इंसान को बोलने से पहले सौ बार सोचने पर मजबूर कर देते हैं।

लोग अक्सर कहते हैं कि जो कहना हो, साफ़-साफ़ कह देना चाहिए। डिप्लोमेसी ठीक नहीं होती। पर सवाल यह है, आसान क्या है और सही क्या? दिल की बात बिना सोचे सामने रख देना, यह सोचे बिना कि

सामने वाले को कैसा लगेगा? या सामने वाले को समझकर, उतना ही कहना जितना वह सुन और सह पाए।

वह कहना जिससे किसी को चोट न पहुँचे।

प्यार कहाँ ज़्यादा होता है, सच कह देने में या सच को संभलकर कहने में?

अब आकांक्षा इसी उलझन में थी, आसान रास्ता चुने या सही?

अविरल अपने घर में एक खुला आँगन बनाने की तैयारी कर रहा था। पर आकांक्षा के मन की दीवारें इतनी आसानी से नहीं टूटने वाली थीं। दूसरी तरफ़ अविरल भी सोच रहा था कि खुद जवाब के लिए कितना तैयार है। उसने वही सवाल किया था जो पूछने में आसान, पर सुनने में भारी हो जाता था।

"कोई दबाव नहीं है," वह खुद ये जानता था कि मन की बातें बोल पाना आसान नहीं होता।

"मुझे यह चाय बिल्कुल अच्छी नहीं लगी," आकांक्षा अचानक बीच में बोल उठी।

अध्याय 18

दोस्त नहीं कम्पीटीटर

"मुझे अँधेरे से भी डर लगता है...और तुम्हें सोते समय पूरा अँधेरा चाहिए।"

आकांक्षा अब ऐसे बोल रही थी, जैसे हर अगला शब्द पिछले से थोड़ा कम संकोच लेकर आ रहा हो।

हवा अचानक कमरे में थोड़ी तेज़ हो गई। पर्दे आपस में टकरा रहे थे, उनकी हल्की-सी आहट कानों में पड़ रही थी। आकांक्षा दीवार पर टंगी दोनों की शादी की तस्वीरों को अपलक देख रही थी। तस्वीरों में कैद वह दिन, दीवार पर तो चढ़ गई थी लेकिन दिल में नहीं उतरी थी।

अविरल अपनी हथेलियों की लकीरों पर अपनी उंगलियां फेर रहा था, जैसे जानना चाहता हो कि क्या उसने वाकई सब ठीक तय किया है।

"तो वो चाय बिल्कुल अच्छी नहीं बनाता?" अविरल ने अवनी की तरह पूछने की कोशिश की। उसकी नज़रें अब भी अपनी हथेलियों पर टिकी हुई थीं।

आकांक्षा ने तस्वीर से नज़र हटाई। उसकी आँखें अब अविरल पर थीं, "बिल्कुल नहीं।"

"तो उसे पहले क्यों नहीं बताया?"

आकांक्षा ने धीरे से कहा, "बताया था...अपने तरीक़े से। हर बार जब उसने चाय बनाई, मैं उसे हाथ में पकड़े बैठी रहती। चाय वो अच्छी होती है, जब वो गरम भी हो और पीने वाला खुद को रोक ही न पाए।"

वह हल्की-सी मुस्कान के साथ बोली, "फिर एक दिन मैंने खुद चाय बनाई। उस दिन अपनी चाय, मैं एक ही साँस में पी गई। पर उस दिन, मेरी बनाई चाय...वो देर तक पकड़े बैठा रहा।"

अब अविरल ने हल्की नज़रों और एक अधूरी-सी मुस्कान के साथ आकांक्षा की ओर देखा, "यार आकांक्षा, चाय तो तुम भी कुछ ख़ास नहीं बनाती।"

आकांक्षा कुछ कह पाती, उससे पहले ही अविरल बोल उठा, "ऐसा अवनी सोचती है, मैं नहीं।"

दोनों हँस पड़े।

पर्दे के पीछे से आती हल्की हवा सरसराई, या शायद वही हवा उनकी हँसी को कमरे में इधर-उधर धकेल रही थी।

"पर तुम्हें अँधेरे से डर लगता है, ये बताना चाहिए था।"

इस बार अविरल ने बात थोड़े अधिकार के साथ कहा।

इस रिश्ते में किसे कितना अधिकार है, ये वह अभी नहीं जान पाया था, है भी या नहीं।

पर इतना वह ज़रूर जानता था कि अगर उसे किसी बात पर अधिकार है, तो बस इतना कि आकांक्षा बिना डरे उससे अपने मन की बातें कह सके।

"मुझे लगा था तुम समझ जाओगे। सब कुछ कहना हमेशा आसान नहीं होता, कितनी बातें रखूँ, कितनी समझाऊँ। तुम्हें मेरी बनाई चाय पसंद नहीं, ये मैं समझ गई थी। जब तुम उसे हाथ में लिए बैठे रहे और हर बार कोशिश में रहे कि मुझसे पहले चाय तुम बना लो। मैं पीछे हट गई। वैसे ही सोचा था, मेरी बदलती करवटें, रात का यूँ ही बीत जाना और सुबह उजाले में थोड़ी-सी शांति से सो पाना...शायद इतना ही काफ़ी होगा समझने के लिए कि अँधेरे में मुझे नींद नहीं आती।"

"लोग सच ही कहते हैं, लड़कियों को समझ पाना आसान नहीं।"

अविरल ने यह शब्द हल्के व्यंग्य के साथ कहे, पर उसकी नज़रें हँसी की झलक लिए थोड़ी ठहरी हुई थीं।

हँसी, जो होंठों तक पहुँची, जुबान पर अटक गई। ऐसा लग रहा था कि खुद वह भी नहीं जानता कि यह हँसी क्यों फूट रही है।

"एक लड़की सिर्फ तुम्हारे चाय ले कर बैठे रहने से समझ गई कि तुम्हें उसकी चाय पसंद नहीं। शब्दों की दुनिया जटिल होती है, समझ नहीं आता कौन सा शब्द कब और कैसे रखना सही होता है। मैंने तुम्हें इस झंझट और संघर्ष से बचा लिया। पर वही बात तुम तब तक नहीं समझ पाए जब तक मैंने आज साफ़-साफ़ नहीं कहा। जब तक यह संघर्ष नहीं किया कि अपने दिल की बात कैसे सामने रखी जाए। पर हाँ, कठिन तो तुम्हारे लिए है।"

अविरल कुछ पल के लिए स्तब्ध रह गया। वह जानता था कि बिना कहे समझ लिया जाना ज़िंदगी को कितना आसान बना देता है। उसकी खुद की भी तो हमेशा से यही चाहत थी, अपने माँ-पापा से।

क्या इसी तरह की और भी बातें थीं जो आकांक्षा ने समझ ली थीं, पर अविरल समझ नहीं पाया था?

क्या यही वजह थी कि आकांक्षा इस रिश्ते में खुश नहीं थी?

रिश्ते में आखिर किसी को और क्या चाहिए, बस इतना कि कोई उसकी ज़िंदगी थोड़ी आसान बना दे।

"मुझे समझ नहीं आ रहा कि मैं माफी कैसे माँगूँ," कहते हुए अविरल की नज़रें झुक गईं।

धूप बालकनी से फिसलती हुई दोनों के चेहरों तक आ पहुँची थी और पल भर के लिए कमरा शांत हो गया था।

आकांक्षा चुप थी।

माफी कैसे माँगते हैं, इसमें वह कोई योगदान नहीं देना चाहती थी।

'कितना बताऊँ और कितना समझाऊँ'- वह पहले ही इसका हिसाब लगा रही थी।

"मम्मी-पापा को लड़ते देखा है," अविरल उठ खड़ा हुआ और बालकनी की ओर चल पड़ा, जैसे अतीत की किसी याद की तरफ़ बढ़ रहा हो, "एक-दूसरे पर चिल्लाते हुए देखा है। पर कभी एक-दूसरे से 'आई लव यू' या 'सॉरी' कहते नहीं देखा। बचपन में एक बार यूँ ही मम्मी से पूछ लिया था, 'पापा आपको पसंद हैं?' माँ झुंझला गईं और बात मेरी पढ़ाई पर आ गई। फिर दोनों ने मिलकर मुझे डाँट दिया। कमरे में बैठकर सोचता रहा, जब लड़ाई मेरे सामने है, चिल्लाना मेरे सामने है, तो 'आई लव यू' के दो शब्द सामने क्यों नहीं? माफी सामने क्यों नहीं? ऐसा नहीं था कि

उनके बीच कड़वाहट थी। पर क्या उन दोनों के बीच प्यार और माफ़ी जैसी चीज़ों के लिए जगह थी? यह मैं कभी जान नहीं पाया। उस दिन तय कर लिया था, अपने रिश्तों में मैं कभी ऐसा सवाल जन्म नहीं लेने दूँगा।"

अविरल आकांक्षा की ओर मुड़ा और बिना झिझक बोला, "आई एम सॉरी, आकांक्षा।"

आकांक्षा उसे बस देखती रह गई। पलकों पर नमी अचानक कहीं से आ गई, "आज अचानक यह सब क्यों?"

किसी को माफ़ कर देना कभी-कभी इसलिए रुला देता है, क्योंकि वो माफ़ी पूरी तरह सूख चुकी ज़मीन पर गिरी पहली बूँद की तरह होती है। ज़रूरत बहुत पहले थी।

अविरल को पहली बार एहसास हुआ कि बात करना कितना मुश्किल है।

पर वो ये भी जानता था कि गहरी गाँठ खोलते वक़्त उँगलियाँ दुखती है।

"बचपन में माँ से बहस करता था कि मुझे भी गाँव में रहना है। सबके बीच। ताकि कभी कोई डाँट दे तो कोई प्यार से गले भी लगा ले। कहीं से बब्बा आ जाएँ और बातों-बातों में ऐसी कहानियाँ सुना जाएँ जो सब ठीक कर दें। माँ समझाती थीं कि हर फ़ैसला मेरी भलाई के लिए ही है। आज सोचता हूँ, शायद उन फ़ैसलों के बीच वो खुद भी अकेली पड़ जाती होंगी। पापा से किसी अनबन के बाद, वो भी तो अपनी बहन या सहेलियों को याद करती होंगी। फ़र्क बस इतना था कि उन्होंने यहाँ भी अपनी सहेलियाँ बना लीं। मेरे पास भी दोस्त थे, पर जब सवाल बनने लगे, 'दोस्त के मार्क्स तुमसे ज़्यादा कैसे?' या 'दोस्त का प्रमोशन तुमसे पहले कैसे?' तो दोस्त, दोस्त नहीं रह जाता, कम्पीटीटर बन जाता है।"

आकांक्षा के आँसू अब छुप नहीं रहे थे।

जो लड़की इतने समय से अपने डर और दर्द को थामे बैठी थी, आज उसे पहली बार लगा कि उस बंद कमरे में वो हमेशा से अकेली नहीं थी, बस उसे इसका एहसास नहीं हुआ था।

कितनी अजीब बात है, मुस्कान तो हर कोई पहचान लेता है, पर जुड़ाव वहीं से शुरू होता है जहाँ दर्द बोलना सीखता है।

"ऐसे में बस यही समझ आया कि ये सारे रिश्ते खुद से, अपने साथ बनाने होते हैं। आप सही हैं, आख़िर में अकेले ही रहना पड़ता है। उस दिन जब आपको अवनी से बात करते सुना, जब आपने कहा कि शायद हमारे बीच कुछ ठीक नहीं हो पाएगा, और ये भी कि बचपन में अकेले पड़ने पर आप भी अकेले छुपने की जगह ढूँढा करती थीं, तब समझ आया कि हम अलग हैं, पर हमारे डर एक ही भाषा बोलते हैं। ऐसे में सोचा, हम सबके बीच होते, तो क्या करते? सब आपके लिए क्या करते?"

अविरल ने आकांक्षा के सामने रखी मेज़ थोड़ी पीछे खिसकाई। उसके सामने ज़मीन पर ऐसे बैठा, मानो आज बस उसे सुनने आया हो। पैर मोड़े हुए और आँखों में विश्वास, जैसे आज सारे रिश्ते उसके भीतर उतर आए हों। उस पार उसे वही आँगन वाला घर दिखाई दे रहा हो, जिसका उसे हमेशा से इंतजार था। जहाँ बातें खुलकर होती थीं। जहाँ दोपहर में सब इकट्ठा होते। कभी अपनी सुनाते, कभी एक-दूसरे की सुनते। कभी रोते, कभी हँसते, कभी खेलते।

अध्याय 19

समझ, क़िस्तों में सही

"यह आसान नहीं है," आकांक्षा ने यह कहते हुए अपने हाथों की उँगलियाँ आपस में फँसा लीं।

उसके लहजे में न रोक थी, न हड़बड़ी, "ये जिस आँगन की बात तुम कर रहे हो, उसे अब के घर में बनाना आसान नहीं है।"

विडंबना यह थी कि कहते हुए उसने वही चुप्पी ओढ़ ली, जिस चुप्पी को अविरल तोड़ना चाहता था।

अविरल ने उसकी ओर देखा और कहा, "घर बनाना कब आसान हुआ है?"

उसकी आवाज़ में न तकरार थी, न सवाल, सिर्फ़ एक तरह का स्वीकार।

वह थोड़ा रुका, फिर बोला, "घर बनाने के लिए कर्ज़ लेना पड़ता है। बातों में भी तो ऐसा ही होता है। कभी-कभी एक साथ सब समझ पाना मुमकिन नहीं होता। समझ भी क़िस्तों में आती है, थोड़ी आज, थोड़ी किसी और दिन।"

अविरल की आवाज़ धीमी थी, "हर क़िस्त के साथ डर भी चलता है कि कहीं चूक न हो जाए पर फिर भी आदमी भरसक कोशिश करता है

कि भुगतान होता रहे। क्योंकि जो घर मन में बन रहा होता है, उसे अधूरा छोड़ देना और भी भारी पड़ता है।"

अविरल उठ खड़ा हुआ। उसने मेज़ पर रखी आकांक्षा वाली चाय का कप उठाया और उसे उससे थोड़ी दूर, खाने की मेज़ पर रख दिया।

"जैसे आज यह समझ आया कि आपको मेरी बनाई चाय पसंद नहीं, कल यह समझ लूँगा कि चाय दो बार में भी बनाई जा सकती है। एक, जैसी आपको पसंद है। दूसरी मेरी पसंद की," वह हल्का-सा मुस्कराया, "परसों शायद यह भी समझ आ जाए कि हम दोनों को चाय से ज़्यादा कॉफ़ी भाती है। वह भी शायद घर की नहीं, बाहर की।"

अविरल आकांक्षा की ओर मुड़ा, "क़िस्तों में ही सही, एक-दूसरे को समझ लेंगे। मुश्किल होगा, पर अपना बनाया एक घर तो होगा।"

अविरल जानता था कि मकान और घर के बीच शायद यही फ़र्क़ होता है। आकांक्षा के लिए बात फिर वहीं आ खड़ी हुई थी, आसान रास्ता चुनें या सही?

वो समझने लगी थी कि अविरल गलत नहीं था। ये बात उसने खुद भी तो किस्त में ही समझी थी। कल तक जिस अविरल को वो सिर्फ़ इतना जान पाई थी कि वो अच्छा है, पर उसके लिए सही है या नहीं? उसने आज ये जान लिया था कि गलत तो नहीं है।

रिश्तों के बीच खड़ी दीवार से कुछ ईंट खिसकाने की कोशिश अविरल कर चुका था। बारी अब आकांक्षा की थी। और सवाल यह है कि शुरुआत कहाँ से की जाए?

अकांक्षा के नजर में अब तक निडर रहने का मतलब था कि किसी के सामने अपने मन की बातों को, अपनी भावनाओं को छुपा लेना।

आज, उसे खुद ही समझ नहीं आ रहा था कि यह निडरता कैसी है, जिससे उसका सामना हो रहा है।

बोल पाना इतना कठिन क्यों लग रहा था?

भावनाएँ साझा करना क्या हमेशा से ज्यादा कठिन था?

अविरल ने एक आँगन का वादा किया था। वो आँगन, जहाँ भागते मन को रुकने का मौका देना भी उसका एक हिस्सा है। इसीलिए उसने अकांक्षा को जल्दबाजी करने को नहीं कहा। बस वहीं खड़ा रहा। उसने भी तो अभी-अभी अपने मन की दीवारें गिराई थीं, तो जानता था कि यह मेहनत का काम है।

"तुम अच्छे हो, अविरल," अकांक्षा ने ये ऐसे कहा जैसे खुद को समझाने की लंबी जद्दोजहद के बाद, पहली बार दिल ने बिना बहस के हामी भर दी हो।

जैसे कई किस्तों में समझी हुई बात, उस पल पूरे यक़ीन में बदल गई हो।

अकांक्षा सोफ़े से उठी, बीच में रखी मेज़ को थोड़ा पीछे खिसकाया।

अकांक्षा कालीन पर अपने पाँव फैला कर पहली बार अविरल के सामने खुलकर बैठी।

अविरल ने ठीक वैसी ही हँसी दी, जैसी अवनी, उसकी दोस्त, इस वक़्त अकांक्षा को देती।

आख़िर किसी को क्या ही चाहिए, बस इतना कि कोई आपकी ज़िंदगी को थोड़ा आसान बना दे और कोई शब्दों की जटिल दुनिया के संघर्ष से आपको बचा ले। पहली बार, अविरल अकांक्षा की बातें उसके कुछ कहे बिना ही समझ रहा था।

बालकनी से आती हवा ने शायद अंदर दोनों के सोच का दिशा बदल दिया था।

अध्याय 20

दो कप, दो दुनिया, एक आँगन

अलार्म की घनघनाहट कमरे में गूंज उठी।

अविरल का हाथ, हमेशा की तरह, नींद की गहराई से रास्ता बनाते हुए मोबाइल तक पहुँचा और अलार्म के शोर को थाम लिया।

सुबह की रोशनी खिड़की से धीरे-धीरे आ रही थी, जैसे घर में कोई मेहमान बहुत शांति से दाख़िल हो रहा हो।

अविरल मुँह धोकर रसोई की ओर मुड़ा। दराज़ खिसकने की हल्की सी आवाज़ हुई। उसने दो पतीले निकाले।

चाय की भाप उठने लगी। उबलते पानी की धीमी गुनगुनाहट रसोई की खामोशी में घुल गई।

एक में इलायची थोड़ी ज़्यादा, दूसरे में बिल्कुल नहीं।

एक पतीले को उसने थोड़ी देर ज़्यादा उबलने दिया, फिर सावधानी से छान लिया।

बालकनी में बैठी अकांक्षा शहर को जागते हुए देख रही थी। नीचे सड़कें अभी पूरी तरह भरी नहीं थीं, पर हवा में आने वाले दिन की आहट थी।

अविरल चाय की ट्रे लेकर आया और उसके पास रख दी।

उसने धीरे से पूछा, “गाना सुनोगी?”

अकांक्षा ने बस गर्दन ज़रा सी हिला दी।

दोनों चुपचाप चाय पीने लगे। घूँटों की रफ़्तार अब एक-सी।

मेरे आँगन से

– डॉ. नेहा राय

"गौरव, मम्मी को तंग मत करो। आओ, बाहर आँगन में, तुम्हें एक कहानी सुनाती हूँ।"

मेरी नानीजी ने मेरे चार साल के छोटे भाई गौरव को आवाज़ देकर बुलाया।

शाम अपने पाँव दबा कर आँगन में उतर रही थी।

रसोई में पकता खाना अपनी खुशबू से हवा में रंग घोल रहा था, जैसे अदृश्य हाथों ने पूरे घर पर स्वाद की पतली परत चढ़ा दी हो।

मैं गौरव से पहले आँगन की चारपाई की ओर भागी।

हरी सूती साड़ी में नानी चारपाई पर पाँव मोड़े बैठी थीं। जैसे पूरा दिन इसी पल के लिए समेट कर रखा हो।

कहानी शुरू करने से पहले उन्होंने कहा, "गौरव, यह कहानी ध्यान से सुनना। यह तुम्हें अच्छा इंसान बनने में मदद करेगी।"

वो कहानियाँ आज मुझे पूरी तरह याद नहीं। हम कितने अच्छे बने, कितने सही, इसका कोई हिसाब नहीं।

पर इतना याद है कि उस कहानी में एक लोमड़ी थी, एक रास्ता था और उसके साथ चलते दो छोटे बच्चे थे। और उससे भी ज़्यादा साफ़ याद है- वो आँगन! नानी की आवाज़ और उनकी आवाज़ के साथ दूर से आती किसी भजन की धुन। भाई-बहनों का बिखरा हुआ शोर, किसी कोने से माँ और मौसी की हँसी, और इन सबके बीच, धीरे-धीरे उतरती हुई एक गहरी, सुकून भरी नींद।

उस आँगन के नाम,
जहाँ वक्त कभी भागता नहीं था,
लोग बैठते थे, रुकते थे।
जहाँ कई कहानियाँ जी जाती थीं।
हर कहानी के अंत में,
सही और ग़लत के बीच की दीवारें गिरने लगती थीं,
और एक नए नज़रिए के लिए जगह बन जाती थी।

लेखिका:

डॉ. नेहा राय

मार्गदर्शक:

श्री हरिश्चन्द्र राय

Instagram

https://www.instagram.com/kahaniyon_ka_aangan

www.ingramcontent.com/pod-product-compliance
Lightning Source LLC
LaVergne TN
LVHW100327210926
848480LV00003B/1287